DIVERGENCES

Pierrette Champon - Chirac

DIVERGENCES

Roman

Toute ressemblance avec des personnes ayant existé ne serait que pur hasard.

© 2025 Pierrette Champon - Chirac

Édition : BoD - Books on Demand, 31 avenue Saint-Rémy, 57600 Forbach, bod@bod.fr

Impression : Libri Plureos GmbH, Friedensallee 273, 22763 Hamburg (Allemagne)

ISBN : 978-2-3225-5893-3

Dépôt légal : mai 2025

à Jacques C.

Chapitre 1

La romancière

Au cours de sa vie, elle avait connu des lieux divers, des aventures extraordinaires et, pour passer ses dernières années avait choisi de se retirer dans ce bourg rural de l'Aveyron. Elle menait une vie solitaire, mais riche en relations épistolaires profondes. Elle échangeait des lettres, des courriels ou des messages avec divers interlocuteurs, chacun offrant une perspective unique et enrichissante, elle entretenait des relations exclusivement à travers l'écriture. Pour elle, chaque échange de mots était une fenêtre sur l'âme de l'autre personne. Elle trouvait une beauté particulière dans la façon dont les mots peuvent révéler les pensées, les émotions et les rêves, bien au-delà de ce que l'apparence physique pourrait suggérer. Elle se sentait plus proche des gens à travers leurs idées et leurs mots, accordant une grande valeur à la connexion intellectuelle et émotionnelle à travers l'écriture. Elle était attirée par la profondeur des échanges plutôt que par des rencontres superficielles. Cette connexion intellectuelle intense annihilait le désir d'une connexion physique ou émotionnelle plus profonde dans le monde réel.

C'était une femme de caractère qui avait toujours tracé sa propre voie, sans suivre de plan préétabli, avide de liberté. Elle avait cultivé son indépendance, évitant les conventions. Ce n'était pas une donneuse de leçons et elle n'acceptait pas qu'on lui en donne, ni qu'on dicte sa conduite.

Comme certaines personnes âgées de son entourage, elle n'avait jamais sombré dans une forme de léthargie, de résignation et d'isolement. Sa vie était animée d'une véritable motivation, trouvant les journées bien trop courtes pour réaliser tous ses projets. Contrairement à celles de ses connaissances, accablées par la monotonie d'une existence où elles semblaient littéralement se décomposer sous le poids de l'ennui et de la douleur non résolue, elle ne connaissait pas cette sensation. Le manque de perspectives et d'ambitions les avait progressivement dépouillées de toute énergie vitale, les laissant se demander inlassablement quel était le sens de leur vie, sans trouver de réponse satisfaisante. Elles regardaient l'avenir avec une profonde mélancolie, n'y percevant aucune lumière ni raison de se relever. Rien ne semblait pouvoir les dynamiser ou raviver un peu d'espoir pour ce qui pourrait advenir.

Non, elle n'était pas comme elles ! Elle était écrivaine.

Chaque mot, chaque phrase avait le pouvoir de donner un sens nouveau à sa vie, car elle se nourrissait de mots. Elle naviguait dans un univers réconfortant où chaque événement marquant se cristallisait en alexandrins ou en octosyllabes. Pour elle, écrire en vers classiques était un hommage aux règles édictées par Boileau et aux anciens maîtres, mais seuls les initiés, devenus rares, pouvaient pleinement apprécier la perfection de sa métrique, l'harmonie de ses rimes, et la subtilité de ses émotions.

Elle confiait ses états d'âme à l'ordinateur, son confident fidèle, lui dictant parfois des poèmes d'une poignante sincérité lorsqu'elle se sentait incomprise ou mal-aimée. Elle exprimait ses sentiments avec une honnêteté brute, mettant son cœur à nu, sans filtre ni retenue. Ses poèmes captivaient les lecteurs, les transportant dans un univers où la frontière entre réalité et fiction s'estompait. Parfois, elle s'abandonnait à des tourments imaginaires, explorant un scénario où elle se percevait comme détestée, ou victime d'intrigues perfides.

Depuis plusieurs années, elle écrivait des romans, inspirés des événements du quotidien qu'elle mêlait habilement à la fiction, si bien que le lecteur peinait à distinguer le vrai du faux. Ses romans étaient appréciés, fidélisant un lectorat passionné. « J'écris pour ceux qui ne lisent pas » affirmait-elle avec modestie. En effet, sa plume fluide, ses personnages authentiques et une intrigue palpitante étaient les ingrédients qui captivaient le lecteur dès les premières lignes, l'empêchant de lâcher le livre avant d'en connaître le dénouement.

Ce n'était pas une personne ordinaire, mais une femme doublée d'une romancière pourvue d'une imagination sans limite qui pouvait mener une vie exaltante avec un pied dans la fiction, l'autre dans le réel.

D'un abord difficile, mystérieuse, elle se réfugiait dans son propre monde, dans son jardin secret où les murs invisibles qu'elle avait érigés autour d'elle la protégeaient des regards extérieurs. Là, elle s'inventait des amis imaginaires, des êtres avec qui elle partageait des idées et des rêves, des compagnons fictifs par lesquels elle se sentait enfin comprise. Elle évoluait dans une bulle, un cocon étanche aux préoccupations du monde extérieur, loin des réalités et des exigences sociales qu'elle n'avait jamais su ou voulu affronter. Parfois, elle se parlait à elle-même, posant des questions auxquelles elle répondait dans le même souffle, comme une conversation intime avec son propre reflet.

Ainsi, incomprise et même heureuse de l'être, elle se perdait parfois dans ses relations. Suite à des comportements inhabituels, certaines de ses connaissances ne jugeant que la partie superficielle de sa personnalité, sans l'approfondir, lui avaient suggéré avec bienveillance de consulter un psy. Cette idée l'amusait beaucoup face à l'incompréhension de ce qu'elle était vraiment. Depuis des décennies personne ne pouvait se vanter de l'avoir influencée ou dirigée contre son gré.

Dotée d'une imagination foisonnante, elle passait des heures entières devant son ordinateur, absorbée dans des mondes qu'elle tissait avec passion. Parfois, ses nuits peuplées de songes lui soufflaient l'inspiration. Alors, elle se levait pour transcrire, un dialogue, une scène inattendue, ou la suite parfaite d'un chapitre resté en suspens. Ses personnages, comme vivants, venaient la nuit frapper à sa porte pour lui révéler leur destinée.

Elle parlait peu, mais elle écoutait, étudiant inconsciemment son interlocuteur qui pourrait un jour devenir un des personnages de romans. Les rares fois où elle sortait de cette zone de confort, c'était pour des nécessités : faire les courses, se rendre à la Poste. Mais ces sorties étaient brèves, sans éclat, comme des gestes mécaniques destinés à accomplir des tâches urgentes sans se laisser déranger par la vie qui continuait à tourner autour d'elle. En dehors de cela, elle menait une vie active intérieure, mais dans l'ombre.

Elle vivait seule dans une maison à la périphérie du bourg, entourée de verdure où elle chérissait l'ombre des arbres et le silence interrompu parfois par les oiseaux. Elle fréquentait aussi des personnes de son âge, sachant qu'elle pouvait compter sur leur soutien à l'occasion.

Le matin, après vingt minutes de marche pour se mettre en train, elle prenait place devant l'ordinateur. La solitude, qui décuplait son énergie, était également une compagne fidèle, une complice silencieuse pour le temps qu'elle consacrait à l'écriture. Ce mode de vie qu'elle avait adopté depuis toujours, comme une seconde peau qu'elle n'avait jamais cherché à enlever, lui convenait parfaitement.

Le jardin qui entourait sa maison était devenu le miroir de son état d'âme, une véritable forêt vierge où la végétation poussait sans contrainte, à sa guise, comme si le temps lui-même s'y était arrêté. Les herbes folles et les plantes sauvages y prospéraient dans une anarchie bienveillante. Ce jardin, jadis soigneusement entretenu, était désormais devenu un labyrinthe de verdure, une jungle intime où elle se perdait parfois pour y retrouver l'ambiance des forêts équatoriales. La chaleur estivale assombrissait encore davantage ce lieu, les feuillages touffus créant une ombre dense dans laquelle elle aimait se plonger à l'abri des regards.

Elle avait enfin achevé son dernier roman, intitulé « Énigmes Florales », et ressentait ce vide familier qui suit toujours la conclusion d'un projet aussi intense. Chaque fois qu'elle posait le mot FIN, une partie d'elle-même se sentait à la fois accomplie et légèrement perdue. Les jours qui avaient suivi étaient imprégnés d'une quête fiévreuse, une recherche incessante pour capturer une nouvelle étincelle d'inspiration dans les méandres de son quotidien. Sa vie n'avait plus de sens quand elle n'écrivait pas.

Puis un jour, un miracle se produisit !

Chapitre 2

La rencontre

Par un bel après-midi de juin, Coline était assise sur le banc de pierre de son jardin à l'ombre d'un sapin majestueux. Elle profitait de la douceur du printemps s'éternisant, un livre en main. De temps à autre elle levait les yeux de son roman pour observer le vol d'un papillon devenu rare ou le merle sautillant sous la haie.

Soudain la sonnette de la porte d'entrée troubla sa quiétude. Qui pouvait venir ? Elle n'attendait personne. Elle fit la sourde, mais à la seconde sonnerie, elle se vit contrainte à se lever. À plus de 80 ans, Coline était encore alerte et on lui aurait donné dix ans de moins. Elle s'avança dans l'allée et s'approcha pour ouvrir la porte. Un homme était là, la cinquantaine, grand, mince au visage respirant la sympathie.

– Bonjour, que désirez-vous ? demanda-t-elle tout en l'observant.

Le regard de l'homme, qui croisa le sien, éveilla en elle un tumulte d'émotions. Son sourire chaleureux, sa voix douce et ses yeux bleus la captivèrent instantanément, comme si une force mystérieuse les reliait depuis toujours, comme s'ils s'étaient connus dans une vie antérieure peut-être. En un instant, le monde sembla s'effacer autour d'elle, ne laissant que lui. Elle se sentit envahie par une émotion puissante, comme si elle avait enfin trouvé son âme sœur, sans pouvoir résister à cette magie qui l'avait profondément envoûtée. Elle n'écoutait pas ses explications :

– Je suis paysagiste et en passant j'ai vu que je pouvais sans peine améliorer l'état de votre jardin.

Alors, Coline le fit entrer dans son domaine où peu de personne accédait. Il semblait sincèrement intéressé par l'état lamentable du jardin. Pour une fois, quelque chose s'était produit dans le quotidien de Coline, quelque chose d'extérieur à la routine.

Sans l'ombre d'une hésitation, elle lui confia la tâche de remettre un peu d'ordre dans ce lieu qu'elle avait abandonné à sa propre désinvolture. Mais ce n'était pas l'état du jardin qui l'avait fait pencher sur cette décision, mais pour avoir l'occasion de rencontrer à nouveau cet homme impressionnant qui serait comme un souffle d'air frais, une brèche dans son univers clos.

Elle ne savait pas que cette rencontre inattendue allait bouleverser son existence.

L'homme revenait chaque semaine, pour élaborer minutieusement un plan de restructuration, un projet ambitieux qui promettait de redonner vie à cet espace sauvage et négligé. Chaque nouvelle visite était un pas de plus vers un renouveau, un souffle d'espoir pour cet endroit et, d'une certaine manière, pour Coline aussi.

Elle se dit, presque malgré elle, « pourquoi pas ? » et à partir de ce moment-là, elle attendit avec impatience chaque intervention du paysagiste. Elle s'était déjà fait une idée de ce qu'il ferait, mais à chaque fois, il lui expliquait un peu plus en détail son travail, ce qu'il comptait accomplir, et elle écoutait, fascinée par sa passion pour son métier et ses connaissances infinies. Cet homme n'était pas un simple jardinier, il possédait une culture vaste et profonde.

Au fil des jours, ce qui avait commencé comme une simple relation professionnelle se transforma subtilement en quelque chose de plus profond. Leur lien n'était plus celui d'un employeur et d'un employé, mais d'une véritable amitié, une relation empreinte de complicité. Coline ne pouvait s'empêcher de se réjouir de cette évolution inattendue. Cet homme, jusque-là inconnu, venait de semer un sens nouveau dans son existence qui semblait, jusque-là, avoir été figée dans une attente morne et sans fin. Il était devenu une sorte de phare dans son quotidien, un être qui apportait une lumière nouvelle dans sa vie terne.

Chaque semaine, elle l'attendait avec une impatience qu'elle n'avait pas connue depuis des années. Avant même de commencer à travailler dans le jardin, une discussion s'engageait entre eux, parfois légère, parfois plus philosophique, abordant des sujets variés et étonnamment riches. Il semblait l'écouter attentivement, avec un intérêt sincère, comme si ses récits, pourtant simples et parfois anodins, étaient des trésors d'histoires et de vécu. Elle se surprenait à lui parler de ses voyages passés, de lieux qu'elle avait visités, de personnes qu'elle avait rencontrées, et il était toujours curieux, posant des questions, rebondissant sur ses récits comme un compagnon de route qui partageait son émerveillement.

Peu à peu, à travers ces échanges, une amitié sincère s'était tissée entre eux. Il n'était plus seulement un homme venu pour réparer un jardin ; il était devenu un confident, un soutien invisible qui, sans même le savoir, comblait une partie du vide de sa vie. Il lui parlait aussi de lui, de ses propres états d'âme, de ses difficultés et de ses rêves, de ses joies et de ses peines. Ils s'échangeaient leurs pensées les plus intimes, comme s'ils étaient liés par une invisible connexion. Et à mesure que les semaines passaient, il était de plus en plus présent dans les pensées, dans les attentes, et dans les réflexions de Coline. Elle se surprenait à penser à lui, même lorsqu'il n'était pas là, à imaginer ses journées sans ses visites, et elle ne pouvait plus concevoir l'idée de vivre sans cette amitié qui avait pris racine dans son cœur.

Les proches de Coline ne comprenaient pas la relation qu'elle entretenait avec cet homme beaucoup plus jeune qu'elle, la considérant trop étrange à leurs yeux. Ils imaginaient toutes sortes de conséquences, souvent défavorables, et ils la regardaient d'un œil suspicieux, se demandant si cette amitié n'était pas en réalité le début de quelque chose de plus complexe, voire dangereux. Mais pour elle, cet homme n'était rien d'autre qu'un ami, un confident, et elle n'avait nullement l'intention de permettre aux jugements des autres d'influencer ce lien qu'elle chérissait profondément et qu'elle ne romprait pas pour faire plaisir à ses proches.

Chaque fois qu'il venait chez elle, Coline s'efforçait de lui montrer qui elle était vraiment. Elle lui ouvrait peu à peu son cœur, se confiant à lui d'une manière qu'elle n'avait jamais faite avec quiconque. Il était devenu son oreille attentive, la personne en qui elle avait confiance pour déposer ses souvenirs et ses réflexions, ceux qu'elle avait longtemps gardés pour elle-même. C'était la première fois qu'elle se livrait ainsi, avec une telle sincérité et vulnérabilité. Elle lui parlait des différentes étapes de sa vie, des moments heureux et douloureux, et il l'écoutait, sans juger, avec une empathie rare.

À travers ces souvenirs partagés, elle lui donnait un aperçu de sa vie, une vie pleine de hauts et de bas, d'aventures et de défis, mais aussi de joie et de reconnaissance. À chaque conversation, elle se sentait un peu plus libérée, un peu plus en paix avec elle-même, comme si le poids des années passées s'allégeait, lentement mais sûrement. Elle savait qu'elle lui confiait des morceaux précieux de son passé, et cet homme, loin de la juger, semblait comprendre chaque détail, chaque émotion. Ce lien qu'ils avaient tissé, cette amitié qui se renforçait de jour en jour, devenait pour elle une source de réconfort et de renouveau.

Il lui disait souvent qu'elle avait accompli une belle vie, qu'elle avait marqué son époque et laissé son empreinte un peu partout dans le monde. Pour lui, elle était une personne merveilleuse. Mais ces mots, elle ne les croyait pas. Dans son esprit, elle n'était qu'une personne ordinaire, insignifiante, une existence sans éclat. Pourtant, lui continuait à lui dire qu'elle était exceptionnelle. Elle se disait alors : « *Il m'idéalise, il ne parle pas de moi, mais de l'image qu'il s'est forgée de moi.* »

Mais lui, toujours persistant, répondait avec conviction : « Non, cette image, c'est bien toi. »

Alors, un doute s'immisça en elle. Peut-être que l'image qu'elle avait d'elle-même et celle qu'il projetait pouvaient se rencontrer un jour, pour qu'elle puisse enfin se reconnaître dans cette personne qu'il admirait tant. C'était un désir d'être en accord avec elle-même, de comprendre que cette image, si belle soit-elle, pouvait aussi être la sienne. Pourtant, malgré l'incertitude qui l'habitait, elle percevait dans ses paroles une sincérité qui ne se voulait pas flatteuse, mais authentique. Et c'était ce qui la troublait le plus.

Au fil des semaines, elle commença à mieux le connaître, découvrant peu à peu ses forces, ses faiblesses, et ce vide qui habitait ses mots quand il parlait d'une vie qu'il disait avoir ratée. Elle l'encourageait, lui murmurant que tout n'était pas fini, qu'il avait encore tant d'années devant lui pour changer le cours de son existence. Mais, malgré ses encouragements, il semblait souvent sceptique, comme si l'espoir lui échappait à chaque pas.

Au fil du temps, il remarqua que son amie ne sortait presque jamais de chez elle, son monde se rétrécissant peu à peu, jour après jour. Il savait que son univers devenait étroit, trop étroit. Ce constat le troubla, mais il savait qu'il n'était pas trop tard pour changer cela. Il proposa alors une sortie, une petite aventure, un souffle d'air frais hors de ses habitudes. Ils partirent ainsi à une vingtaine de kilomètres de là, vers un vieux cimetière, presque abandonné, un lieu que son ami avait voulu lui faire découvrir. Il lui expliqua que cet endroit, loin de l'agitation du monde, était pour lui un havre de paix, un lieu où l'âme pouvait trouver un peu de sérénité.

Ce jour-là, sous un ciel doux de février, ils se retrouvèrent tous deux dans ce cimetière, avec ses pierres anciennes et son silence solennel. Coline, touchée par cette atmosphère particulière, se sentit immédiatement apaisée. L'endroit semblait respirer une tranquillité rare, un calme presque sacré qui la régénéra profondément. Elle ne s'attendait pas à un tel ressourcement. Ce moment, simple, mais précieux, lui fit un bien fou, et elle en ressortit le cœur léger.

Leurs rencontres, toujours brèves, mais pleines de complicité, tissèrent peu à peu une amitié forte d'une confiance partagée. Cependant, cette liaison amicale n'échappait pas aux regards et aux commentaires des autres. Pourtant, ils semblaient imperméables à ces jugements extérieurs, comme si leur relation avait créé autour d'eux une bulle de lumière dans laquelle ils s'étaient volontairement enfermés. Pour l'instant, ils n'avaient aucune envie d'en sortir. Ils étaient heureux ensemble, même pour ces moments furtifs, ces instants suspendus où le monde extérieur ne semblait plus exister.

La famille ne cachait pas ses inquiétudes, mais Coline s'en moquait éperdument.

« Elle est en train de se faire manipuler », chuchotaient certains. « Il va l'entraîner dans une secte », affirmaient d'autres, la mine grave.

Mais elle n'écoutait pas ces mauvaises langues. Elle se fiait uniquement à son instinct, à cette voix intérieure, douce et insistante, qui lui soufflait de lui faire confiance. Son instinct, depuis toujours, l'avait guidée et cette fois encore, il lui murmurait que cet homme ne cherchait rien d'autre que son bien-être.

Son fils, surtout, était profondément troublé. Il voyait cet inconnu prendre une place grandissante dans la vie et surtout dans le cœur de sa mère. Il ne reconnaissait plus tout à fait celle qu'il avait connue. Depuis quelque temps, elle s'était métamorphosée : elle soignait son apparence avec une attention nouvelle, elle prenait plaisir à choisir ses vêtements, à se coiffer, à se parfumer légèrement comme autrefois. Son visage s'était adouci, presque rajeuni. Un éclat nouveau brillait dans ses yeux. Elle riait plus souvent, comme si une source intérieure de joie s'était remise à couler.

Il aurait pu, il aurait dû s'en réjouir. Mais l'inquiétude brouillait son jugement. Il ne voyait pas encore que cette métamorphose était un signe de renaissance. Sa mère, autrefois ralentie par les douleurs et la lassitude, s'était remise à marcher, chaque jour un peu plus loin. Là où, jadis, le moindre déplacement lui semblait une épreuve, elle trouvait désormais la force d'avancer, le souffle léger, le pas plus sûr.

Que lui arrivait-il donc ? C'était bien simple : elle était portée, portée par une motivation neuve, un désir de vivre ravivé. Et son corps, étonné, mais docile, répondait à cet élan avec une grâce retrouvée.

À l'approche de son anniversaire, il avait décidé que Coline partirait quelques jours en Bretagne, chez sa fille. Un séjour improvisé, en apparence. En réalité, il lui avait offert ce voyage, avec un objectif bien précis : l'éloigner de cet homme qu'il considérait comme une mauvaise influence. Il espérait qu'un peu de distance créerait une forme d'usure, qu'un silence prolongé suffirait à affaiblir les liens. Peut-être, pensait-il, qu'une fois hors de sa portée, sa mère reprendrait ses esprits et verrait enfin clair dans ce qu'il croyait être une illusion dangereuse. Tout avait été soigneusement planifié, presque comme une opération de déprogrammation, une tentative de « lavage de cerveau ».

Mais les choses ne se passèrent pas tout à fait comme il l'avait imaginé.

Contre toute attente, ce n'était pas un taxi qui attendait Coline devant chez elle le jour du départ. Non.

C'était lui. Son mystérieux compagnon, celui que la famille regardait d'un œil si méfiant. Il s'était proposé de l'accompagner à l'aéroport, avec ce mélange d'enthousiasme discret et de volonté protectrice qu'elle appréciait tant. Il tenait à lui prouver qu'elle pouvait compter sur lui, en toute circonstance, même pour une mission logistique comme celle-ci.

La veille au soir, il avait préparé le trajet avec une rigueur presque militaire, scrutant Google Earth pour éviter les embouteillages et visualiser les accès, les parkings, les éventuels points de ralentissement. Rien n'était laissé au hasard.

Ils avaient pris le déjeuner ensemble dans la maison calme, dans cette ambiance douce qui précédait la séparation. Ensuite, ils avaient vérifié chaque serrure, chaque volet, verrouillant soigneusement toutes les ouvertures, comme s'ils refermaient un écrin précieux. Puis, dans le silence du garage, il avait sorti la voiture, et elle avait pris place à ses côtés, emportant avec elle sa valise et son cœur chargé de pensées.

Coline semblait heureuse à l'idée de ce changement d'air, de revoir sa fille, de respirer l'air iodé de la côte. Pourtant, derrière son sourire flottait une ombre douce-amère. Une dizaine de jours sans le voir… Cela lui paraissait déjà une éternité. Elle ne disait rien, bien sûr, mais au fond d'elle, elle savait que cette séparation ne ferait que renforcer ce lien qu'ils avaient tissé, lentement, patiemment, au fil des jours. Elle se torturait l'esprit « est-ce qu'il m'oubliera ? Ne fera-t-il pas la rencontre d'une femme de son âge en mon absence ? »

Avant qu'elle ne parte, il lui avait dit, d'une voix douce et grave :

« Profite bien de ta fille. Marche avec elle, hume l'air marin, laisse l'écume te caresser les pieds. Cela te fera un bien fou. Et surtout... savoure chaque instant. »

Elle l'écoutait, émue. Il avait cette façon de parler qui touchait juste, comme s'il connaissait déjà les bienfaits que la mer lui offrirait. Il semblait sincèrement heureux pour elle, conscient que ce séjour sur la côte de Granit Rose, dans les Côtes-d'Armor, serait pour elle un ressourcement profond. Elle se dit qu'elle avait de la chance, à son âge, de pouvoir encore prendre l'avion, de partir seule, libre, vers l'horizon.

Ils arrivèrent tôt à l'aéroport. Très tôt. Il restait au moins une heure et demie avant l'ouverture du comptoir d'enregistrement. Le hall était encore calme, baigné d'une lumière pâle filtrée par les grandes baies vitrées. Ils s'installèrent sur un banc en retrait, partageant ce silence particulier, fait d'attente et d'émotion contenue au moment d'une séparation.

Puis, beaucoup trop vite, le douloureux moment arriva. Ils se regardèrent longuement, un de ces regards qui en disent plus que mille mots, un regard chargé de tendresse, de promesses silencieuses et d'une pointe d'inquiétude chez Coline. Elle avait demandé l'assistance : un agent de l'aéroport arriva avec un fauteuil roulant, la salua avec politesse et, doucement, l'invita à prendre place. Elle s'y installa sans protester. Elle savait que ce serait plus simple ainsi.

Pas besoin de longs discours. Quelques gestes de la main, un sourire tremblant, et elle s'éloigna rapidement, emportée dans le flux du voyage.

Au poste de contrôle, elle savait déjà ce qui l'attendait. La prothèse dans son genou gauche allait, comme toujours, déclencher l'alarme au portique de sécurité. Elle s'y était préparée. Quand le signal sonore retentit, elle tendit les bras à l'horizontale, docile, habituée à ce rituel devenu presque mécanique. Une agente procéda à la fouille minutieuse : d'abord le dos, puis le ventre, des pieds à la tête, avec application, mais sans brusquerie. On inspecta ses chaussures, on vérifia le contenu de son sac. Rien à signaler. Comme toujours.

Enfin, elle fut conduite jusqu'à la salle d'embarquement. Quelques personnes patientaient déjà, feuilletant un magazine ou jetant un œil distrait aux écrans d'information.

Elle se sent dévisagée dans son fauteuil et elle feint de consulter sa messagerie en baissant la tête. Dans sa position de passagère prioritaire, elle savait qu'elle embarquerait la première. Et c'est ce qui arriva.

Vers 18 heures, elle fut conduite jusqu'à l'avion. Elle traversa lentement la passerelle, puis toute l'allée centrale, jusqu'au fond de la cabine. Là, elle s'installa à la place désignée par l'hôtesse, contre le hublot.

Un léger soupir s'échappa de ses lèvres, un soupir de tristesse mêlé d'excitation. Le voyage pouvait commencer.

Personne à côté d'elle. C'est bien la première fois. Elle jette un regard autour d'elle, étonnée par ce luxe inattendu : avoir tout un rang pour elle seule. Un peu de solitude, dans ce monde pressé et bruyant, c'est presque un privilège. D'un geste automatique, elle sort son téléphone et envoie un dernier message à son ami :

« Bien installée dans l'avion. »

Elle l'imagine déjà retournant au parking, retrouvant sa voiture, puis filant sur la route, seul dans l'habitacle silencieux. Ce retour chez lui, elle l'entrevoit presque comme un contrepoint à son propre voyage : elle s'envole, lui rentre, chacun reprenant momentanément son chemin.

Les consignes de sécurité commencent, avec leur lot de gestes bien rodés et leur discours inchangé. Comme toujours, un sourire amusé lui échappe lorsqu'on évoque l'utilisation du gilet de sauvetage. Après tout, cet avion ne survole que des terres, pas l'ombre d'un océan à l'horizon...

Pour tromper l'attente, elle cale sa tête contre le hublot, cherchant une position confortable. Derrière la vitre, le soleil se couche doucement, étirant des ombres sur le tarmac. Peu à peu, ses paupières se ferment, bercées par le bourdonnement sourd des réacteurs.

Elle ne dort pas vraiment. Elle somnole, dans cet entre-deux où le temps semble suspendu.

Puis, au moment où l'avion perce la couverture nuageuse, elle ouvre les yeux et saisit son téléphone. Elle attendait cet instant. Là, au-dessus des nuages, le monde semble figé dans une mer cotonneuse et lumineuse. D'un geste presque instinctif, elle prend une photo. Une image pour capturer ce moment, mais surtout pour se rappeler cette chanson qu'il lui a fait découvrir quelques jours plus tôt : « Il fait toujours beau au-dessus des nuages. » Ces paroles résonnent en elle, comme une promesse silencieuse.

La traversée est rapide, bien trop rapide. Déjà, l'appareil amorce sa descente vers Brest. Elle porte ses mains à ses oreilles, car elle ressent chaque fois une grande douleur. Enfin l'avion atterrit en douceur sur la terre bretonne. Elle rallume son portable pour lui envoyer son message : « Bien arrivée. »

Presque aussitôt, elle reçoit le sien : « Je suis de retour chez moi, ma voiture roule bien, pas de problème. » Un sourire effleure ses lèvres, le contact entre eux n'est pas coupé malgré la distance.

À peine le temps de souffler que le fauteuil de l'assistance vient l'attendre au pied de la passerelle. Elle se laisse guider, sans hâte, jusqu'à la salle des bagages. Là, les valises apparaissent au compte-gouttes sur le tapis roulant, dans une danse lente et désordonnée. La sienne ne tarde pas. Elle la repère immédiatement : violette, éclatante, une couleur peu commune, choisie justement pour ne jamais la perdre de vue.

D'un geste assuré, son accompagnateur la saisit et lui demande « est-ce que quelqu'un vous attend ? »

Elle répond affirmativement et dans la salle de sortie, il la remet entre les mains de Jacques, un super ami de sa fille. Son voyage ne fait que commencer.

Chapitre 3

L'arrivée

Jacques et Coline quittent l'aéroport sous la lumière déclinante pour rejoindre le parking où les attend une énorme voiture.

– Tu pensais que j'avais une kyrielle de valises, dit-elle en riant.

– Pas du tout, mon autre voiture est au garage en ce moment.

La valise est chargée dans le coffre, ils prennent place et la voiture démarre.

– As-tu fait bon voyage ?

– Excellent comme d'habitude.

– C'est bon de te revoir en Bretagne.

– Moi aussi je suis heureuse de te retrouver ainsi que tous ceux que je connais.

– Tu as de la chance, la météo annonce du beau temps.

– Oh ! Même sous la pluie la Bretagne a son charme.

– Quoi de neuf chez toi ?

– Rien de particulier, Ah ! Mais si, il faut que je te raconte, j'ai fait une rencontre exceptionnelle...

Jacques, qui semblait s'attendre à cette réponse, détourne habilement la conversation d'une manière enjouée :

– Tu écris toujours des romans ? Est-ce que tu en as un en cours ?

– Pas pour l'instant, mais j'espère trouver l'inspiration en Bretagne.

– Le dernier que j'ai lu et relu était formidable.

– Tu as aimé, tant mieux. J'en ai un chez l'imprimeur qui se nomme « Rencontre » il devrait te plaire aussi...

Mais la conversation dévie à nouveau à l'évocation du mot « rencontre ».

– Et tes poèmes ? Tu en écris toujours ?

– Oui, selon les circonstances, il faut qu'il m'arrive un pépin pour affoler la Muse. Je n'écris des poèmes que sous la torture de l'esprit, ajoute-t-elle en riant. Souvent je m'invente des problèmes pour les écrire.

– C'est vrai que ceux que tu m'as envoyés semblent les créations d'une âme torturée.

– En ce moment, je nage dans un bonheur sans nom alors je n'écris guère, mon esprit est occupé ailleurs. C'est depuis que j'ai fait une rencontre...

Et Jacques, intrigué, écoute, sans trouver d'échappatoire et sans l'interrompre, le récit d'une relation peu commune.

Inlassable, Coline vante les diverses qualités de son ami, un homme hors du commun, serviable, loyal, désintéressé, aux conversations profondes, comme si elle voulait lui faire partager cette amitié. Il l'écoute avec attention, peut-être plus compréhensif que les autres à ce qui pouvait relier les deux personnes très différentes apparemment.

« Décidément, pense Jacques, il me sera difficile de détacher son esprit de cet ami, mais ne pas me décourager. »

La nuit enveloppait la route côtière bretonne, privant Coline du spectacle de la mer qu'elle redécouvrait. Son esprit, pourtant, restait ancré en Aveyron, où elle avait laissé derrière elle l'ami cher. La pensée de passer une dizaine de jours loin de lui, lui semblait presque insupportable.

Jacques, de son côté, se perdait en conjectures sur la nature des sentiments évoqués par Coline pour son ami. Était-ce simplement de l'amitié, ou bien quelque chose de plus profond, peut-être de l'amour ? Il préférait garder ces pensées pour lui, évitant d'interrompre Coline. Après tout, cette rencontre pourrait être un bienfait pour elle, ravivant en elle la fougue de sa jeunesse. Elle lui faisait penser à sa mère, décédée depuis peu et il avait envie de la protéger.

Un silence s'établit entre Coline et Jacques, chacun se perdant dans ses pensées alors que la route défilait sous leurs yeux. Coline se demandait : « est-ce que

Jacques comprend cette connexion spéciale que je ressens ? »

Elle cherchait son approbation, car ce qu'il penserait de cette amitié avait une grande importance pour elle.

Le temps file à toute vitesse et vers 22 heures, ils sont enfin arrivés. À peine franchi le seuil, elle est accueillie à bras ouverts par sa fille Diane, son petit-fils Hippo, sa copine Vania, Christophe et Thierry, des amis complices.

« Bonne arrivée ! » s'exclament-ils en chœur, emplis de chaleur et de joie sincère.

Les retrouvailles sont émouvantes, ponctuées par une photo prise à la hâte sur son portable, pour rassurer son ami. Puis vient le moment du repas, où les conversations s'animent naturellement.

Prise dans ce tourbillon de paroles et d'affection, Coline se sent à la fois submergée et apaisée. Cependant, un brin de tristesse voile son regard, car elle ne peut s'empêcher de penser à celui qu'elle a laissé derrière elle. Ils comprennent cette émotion furtive et chacun évite soigneusement le sujet délicat portant sur son récent passé, préférant lui dépeindre, avec force détails, le programme de la semaine à venir : les visites prévues, les repas partagés chez les uns et les autres, et toutes les activités organisées pour lui changer les idées.

Elle se laisse porter par ce flot de conversations, qui à la fois l'étourdit et la réconforte. Cependant, épuisée par l'émotion et la fatigue, elle se retire finalement dans sa chambre. Là, elle prend quelques instants pour envoyer un message à son ami, lui rappelant doucement :

« N'oublie pas de m'envoyer un message chaque soir, pour que je puisse passer une bonne nuit. »

Cette petite parenthèse d'intimité contraste avec l'effervescence de sa famille et de ses amis, mais elle sait que ce moment de répit avant de s'endormir est essentiel pour elle.

Le sommeil lui faisant défaut, trente minutes plus tard, Coline se lève pour se rendre aux toilettes. À travers la porte du salon, un faible rai de lumière témoigne que les autres continuent de discuter. D'abord distraitement, elle tend l'oreille, mais rapidement, son attention est captée lorsque son nom revient à plusieurs reprises dans la bouche des participants. Elle comprend alors qu'elle est au cœur des discussions.

« Il faut absolument lui faire oublier cet homme... On ne sait rien de lui... Pourquoi s'attache-t-il à elle, à son âge ?... Nous devons tout faire pour l'éloigner... Organisons des distractions... Qui est-il vraiment, et que cherche-t-il ?... Qu'a-t-il fait pour la séduire ? Cette situation est intolérable... »

Coline est abasourdie. Son cœur bat la chamade, son visage blêmit, ses jambes flageolent. Comment peuvent-ils juger quelqu'un qu'ils ne connaissent même pas ? Son indignation monte en flèche.

« Voilà donc pourquoi mon fils a été si généreux tout à coup, et je comprends le véritable but de ce séjour en Bretagne. Mais qui sont-ils pour s'immiscer ainsi dans ma vie ? Ne suis-je pas en possession de toutes mes facultés pour savoir ce qui est bon pour moi ? Pourquoi veulent-ils me priver de cette amitié qui comble ma solitude ? Ils devraient se réjouir de me voir heureuse. Maintenant que je connais leurs intentions, c'est à moi de déjouer leurs plans. »

Chapitre 4

Croisière vers les 7 îles

Après une nuit agitée où les tourments, causés par les discussions de ses proches, l'ont fait se retourner maintes fois dans son lit, Coline émerge finalement avec l'intention de ne laisser paraître aucune préoccupation face aux autres qu'elle va rencontrer. Diane, tenant sa tasse de café, est déjà installée sur le canapé, aux côtés de sa chienne, absorbée par l'émission matinale « Télé matin ».

– Bien dormi, maman ? Pas trop fatiguée ? demande Diane avec un sourire attentionné.

– Ça va, merci. Le lit est confortable et la chambre parfaite, répond-elle sèchement et sans hypocrisie, car elle n'a pas le tact nécessaire pour dissimuler ses sentiments.

Quand elle aime, elle le fait savoir, quand elle déteste, elle ne le cache pas non plus, ce n'est pas pour rien qu'elle est née sous le signe du Bélier, un bélier épris de liberté, fougueux, sincère, ne se fiant qu'à son instinct, n'acceptant de recevoir d'ordres de personne, capable de diriger sa vie comme il l'entend, qui fonce au risque de se tromper, mais qui sait faire marche arrière en réparant les dégâts qu'il a pu provoquer en chemin et, plein de générosité. Oui, elle possède tous les caractères de ce signe du Zodiaque. Elle n'aime pas qu'on trompe sa confiance, car sa colère n'aura pas de bornes.

– Où sont les autres ? demande-telle, d'un ton adouci, en scrutant autour d'elle.

– Ils ne sont pas encore levés à cette heure.

– Vous avez veillé tard hier soir ? demande Coline avec curiosité.

– Non, pas vraiment. Pas longtemps après ton départ, répond Diane, consciente de la fausseté de ses propres paroles.

– Qu'avez-vous fait ? De quoi avez-vous parlé ? interroge Coline, pressant légèrement Diane.

– Oh, rien de particulier. Juste le programme que nous avons élaboré pour ton séjour, répond Diane, tentant de garder une certaine légèreté malgré l'interrogatoire.

– Un programme ? rétorque Coline avec un sourire ironique. Tu te souviens pourtant de cet ami que tu as laissé, celui qui planifiait tout dans son petit carnet ? Tu n'aimais pas ça, tu préférais l'improvisation et l'aventure.

Diane rougit légèrement à cette évocation, consciente de la véracité des propos de sa mère.

– Il est préférable de planifier un peu si on veut voir tous les sites incontournables, répond Diane, essayant de justifier le programme établi.

– D'accord, comme tu veux. J'espère juste que ce programme saura me surprendre, concède finalement Coline, se résignant à accepter la planification.

Elle se dirige vers la cuisine pour préparer son café, prenant le temps de savourer chaque gorgée tout en avalant ses médicaments matinaux. Assise sur un tabouret près de la table, elle réfléchit à ce que pourrait réserver le programme pour la journée de lundi, curieuse, mais décidée à ne pas poser de questions pour se préserver la surprise.

Après le petit-déjeuner, elles suivent leur rituel matinal avec une douche rapide chacune, l'une à l'étage, l'autre au rez-de-chaussée, avant de s'atteler à la tâche de s'habiller pour la journée à venir.

– Je vais promener ma chienne, je reviens dans trente minutes, déclare Diane en ajustant son sac à dos. Prépare-toi pour le programme de la journée qui va commencer à marée haute.

– Ok, je serai prête à ton retour, juste quelques petits messages à passer. Prends ton temps.

– Tu ne veux pas venir ? demande Diane en levant un sourcil.

– Non, fais comme d'habitude. Tu me diras au retour quelle tenue je dois adopter, si on marche ou non.

– Tu verras, surprise !

Diane, en tenue décontractée, commande à sa chienne « assis ! » car elle ne lui mettra son harnais que dans cette position. Malgré des heures de dressage auprès d'un maître-chien, l'animal manifeste un peu de résistance puis se soumet enfin à l'ordre de sa maîtresse. Le portail électrique s'ouvre et les voilà parties.

Coline, quant à elle, ne cherche pas à connaître le programme de la journée, préférant le découvrir au fur et à mesure. Elle sort dans le jardin où quatre magnifiques phénix déploient leurs branches vers la véranda. Les hortensias mériteraient d'être taillés, pense-t-elle. « Si je trouve le sécateur, je pourrais m'y mettre. »

Derrière elle, Vania, la copine de son petit-fils, encore en pyjama, s'approche à pas feutrés pour lui dire bonjour.

– Il paraît que tu as rencontré l'amitié récemment, dit-elle avec un sourire complice.

– Qui t'en a parlé ? demande Coline, curieuse.

– Ils ne parlent que de ça.

– Ah, et toi, qu'en penses-tu ?

– Moi, je trouve que c'est super et que c'est bien de rencontrer l'amitié à ton âge.

– Malheureusement, tous ne pensent pas comme toi. Ils jugent mon ami sans le connaître et me prennent pour une folle d'être liée d'amitié avec un homme plus jeune. Mais l'amitié n'a rien à voir avec l'âge. Ma fille ne me disait-elle pas qu'elle avait un ami de 90 ans pour des échanges épistolaires !

– Quand l'homme est plus âgé, on ne dit rien, acquiesce Vania.

– Pourtant, en regardant autour de nous, on voit des couples où la femme a vingt ans de plus que son mari. Alors qu'est-ce qui peut choquer dans notre amitié ? Que redoutent-ils ?

– Tu sais bien, ils ont peur pour toi, ils veulent te protéger.

– Me protéger de quoi ? s'interroge Coline, les sourcils froncés.

– Tu ne le connais pas depuis longtemps, d'après ce que j'ai entendu. Ils redoutent pour toi une déception, un abandon.

– C'est inévitable et j'y ai déjà pensé, mais notre rencontre a été semblable à un coup de foudre et à mon âge, je n'en espérais pas tant. Je croyais que mon cœur était mort. C'est comme un volcan éteint qui retrouve subitement son activité. Je me sens bien en sa présence même sans échanger de paroles. Il m'a redonné le goût de vivre. Ce que j'apprécie surtout chez lui, ce sont nos échanges de messages, le soir avant de m'endormir. Je suis une grande romantique doublée d'une femme de lettres, les mots écrits ont beaucoup d'influence sur moi, je les lis et relis, les analyse pour découvrir leur sens caché, etc. Tu comprends cela ?

– C'est super ! Ne te laisse pas détourner de cette amitié si forte. Bats-toi.

– C'est justement mon intention. Même si cette amitié n'est que passagère, je veux la vivre au maximum et en conserver le souvenir jusqu'à l'éternité. C'est le dernier cadeau que m'offre la vie. Mais chut, Diane vient de rentrer. Merci pour ton soutien, Vania.

Diane détache le harnais de la chienne et s'adresse à sa mère avec enthousiasme :

– Tu es prête pour la grande aventure ?

– Bien sûr, où allons-nous ? demande Coline avec un sourire curieux.

– J'ai prévu une promenade en mer pour découvrir les 7 îles, tu ne les connais pas.

– C'est vrai, ton père avait le mal de mer, se rappelle Coline.

– Monte dans la voiture, nous partons pour Perros-Guirec.

– Dois-je prendre mon K-way ? demande Coline en se tournant vers Diane.

– Oui, c'est plus sûr. Si tu montes sur le pont, le vent marin est toujours frais.

Quinze minutes plus tard, elles arrivent à Perros-Guirec, devant la belle plage de Trestraou. L'embarcadère se trouve à une des deux extrémités de la plage. Les vedettes sont à quai. Il y a environ une demi-heure d'attente avant d'embarquer. D'après le prospectus, il s'agit d'une visite incontournable à la découverte d'une réserve naturelle composée de 7 îles.

La visite en bateau est le seul moyen pour accéder à cet espace unique, prisé par les amoureux de la nature pour observer des colonies d'oiseaux tels que les fous de Bassan, les macareux, les guillemots, les cormorans, les pingouins et les phoques.

Coline, qui feint l'émerveillement, et sa joie de monter à bord, se demande quel stratagème adopter pour faire capoter cette visite. Son esprit vagabonde, cherchant une échappatoire subtile.

Elle feint de consulter une application météo qui prévoit des vents forts et une mer agitée.

– La météo ne semble pas idéale pour une sortie en mer, suggère-t-elle, il serait prudent de reporter la visite.

– Mais non, ils ont prévu du beau temps, pas d'inquiétude, rassure Diane.

Soudain, Coline prétend des maux de tête.

– J'ai des vertiges, je ne me sens pas le pied marin.

– Moi non plus, déclare Diane, mais tout ira bien.

Pendant l'attente d'autres passagers se sont manifestés. Dans la foule, sur le quai, Coline semble préoccupée en scrutant nerveusement autour d'elle.

– Diane, je viens de réaliser que j'ai oublié quelque chose d'important dans la voiture. Donne-moi la clef, je vais aller le chercher rapidement avant que nous embarquions. Reste ici et je reviens vite.

Diane, confiante envers sa mère, acquiesce et continue de surveiller la procédure d'embarquement qui devient de plus en plus chaotique avec la foule. Coline profite de ce moment de confusion pour s'éclipser discrètement, se fondant dans la masse de personnes qui se pressent vers le bateau.

– Ne tarde pas trop ! lui crie sa fille.

En attendant le retour de Coline, qui tarde à se montrer, Diane finit par monter seule à bord de la vedette, espérant que sa mère la rejoindra bientôt. Elle scrute anxieusement le groupe dense des passagers encore sur le quai, mais ne la voit pas. L'angoisse monte, exacerbant sa nervosité : « Mais où est-elle passée ? Elle va rater le départ… » Une impulsion la pousse à vouloir redescendre pour la chercher, mais il est déjà trop tard, la vedette s'apprête à larguer les amarres. « J'espère juste qu'il ne lui est rien arrivé ! » Diane est réellement préoccupée par l'absence de sa mère. Elle se faufile parmi les passagers, à sa recherche désespérée. Elle n'est nulle part.

« Elle a raté le départ… Que faire maintenant ? » Puis soudain, elle l'aperçoit, faisant des signes de la main depuis le quai. Un soupir de soulagement lui échappe en répondant à ses gestes, apaisée de savoir qu'il ne lui est rien arrivé de grave. Elle se prépare alors pour cette excursion qu'elle aurait préféré éviter. Faisant contre mauvaise fortune bon cœur, elle s'installe et écoute attentivement les explications détaillées du guide. À ses côtés, un homme engage la conversation, charmant et plein d'humour, et parvient à lui arracher un sourire. Rapidement, l'incident semble loin derrière elle. L'excursion promet d'être intéressante en sa compagnie.

La vedette glisse doucement sur l'eau calme, emmenant Diane et les autres passagers vers leur destination. Le guide, passionné par l'histoire locale, captive l'attention de tous avec ses récits colorés sur les oiseaux et les légendes de la région. Diane, désormais plus détendue après les moments de tension précédents, s'immerge dans les détails fascinants qu'il partage.

À côté d'elle, l'homme qui avait commencé la conversation continue à la divertir avec des anecdotes amusantes. Sa jovialité et son naturel chaleureux mettent Diane à l'aise, effaçant les dernières traces de son inquiétude initiale. La présence de ce passager ajoute une dimension inattendue à l'excursion que Diane commence à apprécier. Elle réalise que cette journée pourrait bien réserver plus de surprises agréables que prévu, car la présence de cet inconnu transforme ce qui aurait pu être une journée d'incertitude en une aventure enrichissante et pleine de promesses.

Pendant ce temps, Coline, observant la vedette s'éloigner, savoure sa ruse et se dit : « L'excursion dure deux heures, je vais m'attabler à un bar face à la plage en attendant son retour. »

Elle sort son portable pour partager l'événement avec son ami. Sa réponse la prend de court : « Pourquoi as-tu fait ça ? Tu te rends compte de la peine que tu causes à ta fille ? Tout ça pour moi, qui ne suis qu'un étranger de passage dans ta vie ! C'est ta fille que tu dois aimer, pas moi. »

En sirotant son café, Coline médite sur ses paroles, accordant une grande importance à leur signification : « Dire qu'ils veulent détourner mon esprit de mon ami, alors qu'il est rempli de bonnes intentions à leur égard ! »

Malgré tout, elle se félicite secrètement d'avoir saboté l'excursion en s'échappant discrètement au moment opportun, sans éveiller le moindre soupçon chez Diane, qui se retrouve finalement seule sur le bateau. Absorbée par ses propres désirs, Coline ne prend pas la peine de penser à la déception croissante de sa fille, qui doit désormais se morfondre en solitaire sur le pont.

Deux heures plus tard, vers treize heures, la vedette accoste enfin. Coline se prépare à affronter la colère de sa fille et ses reproches justifiés. Elle l'aperçoit sur le quai en grande conversation avec un homme. Après s'être serré la main, Diane se dirige vers sa mère. Mais au lieu d'un visage courroucé, c'est une fille souriante et détendue qui s'approche. Sa voix chargée d'émotion, elle lui dit :

– Alors, que s'est-il passé ? Je me suis fait du souci, pensant que tu étais peut-être tombée sur le trajet.

Coline, surprise, se sent rassurée par cet accueil.

– Je te présente mes excuses, mais mon genou douloureux ne m'a pas permis de marcher suffisamment vite.

– Pourquoi avais-tu besoin de retourner à la voiture ? Qu'est-ce que tu avais oublié d'aussi important ? poursuit Diane, avec douceur.

– Mes cachets contre les migraines, ceux que je ne quitte jamais, au cas où une crise surgirait à tout moment. Tu sais bien leurs effets : maux de tête, vomissements, diarrhées. Depuis que ton ex, le médecin, me les a prescrits, je ne peux plus m'en passer. Il était le seul à pouvoir vraiment soulager mes maux.

– Tu en as souvent des migraines ? interroge sa fille.

– Ça dépend. Ma nouvelle doctoresse ne veut même pas en entendre parler. À mon âge, elle prétend que les migraines ne sont plus d'actualité, comme si elle ignorait ce que je traverse. Heureusement, ces pilules miracles arrêtent tout dès les premiers symptômes. Elles sont vraiment précieuses pour moi.

Diane, l'esprit ailleurs, écoute distraitement ses explications.

– Je voulais vraiment faire cette excursion avec toi. Je n'avais rien prémédité, et j'étais heureuse à l'idée de passer ce moment ensemble. J'étais navrée de voir la vedette s'éloigner. Si seulement tu avais proposé d'aller les chercher toi-même, rien de tout cela ne serait arrivé.

Des larmes sincères perlent à ses yeux, réalisant le mal fait à sa fille, mais le retournement de la situation ne semble pas affecter Diane.

Chapitre 5
Le projet d'Hippo

Le retour à la maison est silencieux. À la supérette de Pleumeur-Bodou, Diane fait un arrêt pour l'achat de denrées pour le repas. Coline reste dans la voiture sur le parking où elle admire les sculptures sur bois réalisées à partir de troncs d'arbres abattus récemment, quelques photos s'imposent.

Hippo, curieux, les attend avec impatience.

— Alors, comment ça s'est passé ? interroge-t-il.

— Plutôt mal, répond Diane en soupirant, maman a raté le bateau et j'ai passé deux heures à observer les oiseaux !

-Incroyable ! Comment cela a-t-il pu arriver ? s'exclame-t-il, perplexe.

Coline prend un air contrit en racontant l'incident.

— C'est entièrement de ma faute. À cause de mon oubli, mais cela ne se reproduira plus.

Diane ajoute :

— Ne te culpabilise pas, grâce à toi j'ai passé un bon moment en très bonne compagnie.

— Ah !

– Oui, c'est bien grâce à toi, merci maman !

Le silence tombe tandis que tous s'affairent à la préparation du repas.

– Hier soir, j'ai eu une nouvelle idée, pour distraire Mamy, annonce Hippo avec enthousiasme.

– De quoi s'agit-il ? demande Diane, curieuse.

– D'un pique-nique improvisé, ce soir, sur la plage, près de l'Île Grande, avec un feu de camp, explique-t-il.

– Est-ce autorisé ? s'enquiert Diane.

– Nous serons sur une plage sauvage, pas sur celle de Testraou, bien sûr, répond-il avec un clin d'œil.

– Super mon Hippo ! s'exclame Coline, ravie de cette initiative. Je suis impatiente d'y être !

Après le repas, une sieste s'impose pour Coline et elle se retire dans sa chambre. Cependant, elle a une petite idée pour contrarier le projet de son petit-fils. Après quelques instants de réflexion, elle prend son portable et poste sur les réseaux sociaux : « Rendez-vous sur la plage près de l'Île Grande pour un pique-nique improvisé à partir de 22 heures. Apportez votre musique ! »

Un message qui ne tarde pas à faire son effet.

« Ça promet d'être amusant » se dit Coline en se frottant les mains.

Le soir venu, Hippo débordait d'énergie et d'enthousiasme. Depuis le début de la journée, il avait brassé plusieurs idées pour divertir sa grand-mère. Une pêche aux coquillages à marée basse ? Puis il avait eu une meilleure idée : un pique-nique sur la plage.

Dans la douce lumière du crépuscule, tout avait été soigneusement préparé : des hors-d'œuvre appétissants, des côtelettes juteuses, des merguez grillées, du charbon de bois pour les braises, des bûches pour le feu, des boissons rafraîchissantes, et bien plus encore. De quoi ravir plus de sept personnes.

Vers 20 heures, ils commencèrent à charger le coffre des voitures. Jacques et Diane prirent chacun la leur, tandis que le soleil se reflétait encore sur l'horizon. Ils étaient tous vêtus de manière décontractée. Diane avait même emporté son maillot de bain, prête à se tremper malgré la fraîcheur de l'eau en ce mois de juin. Elle était connue pour se baigner par tous les temps, même lorsque l'eau atteignait à peine douze degrés. La soirée s'annonçait belle et animée, avec des étoiles brillant déjà dans les yeux de tous, sauf de Coline, qui semblait préoccupée par quelque chose.

Ils avaient choisi la plage de Pors Gelen, déserte en cette fin de journée. À leur arrivée, Coline s'extasia hypocritement :

– Quelle belle plage ! Nous serons tranquilles ici.

Pendant que tous se pressaient pour décharger les provisions du coffre, Coline s'éloigna discrètement pour envoyer un message sur les réseaux sociaux, divulguant le nom du lieu. Aucun remords ne l'assaillait ; au contraire, elle savourait à l'avance le petit scénario qui allait bientôt se jouer.

Les plus jeunes s'ébattaient joyeusement dans les vaguelettes sans songer à rejoindre Diane qui, malgré la fraîcheur de l'eau, nageait quelques brasses plus loin. Ensuite, une partie de volley s'engagea tandis que Jacques préparait le feu pour les grillades. Des tables et des fauteuils de camping furent installés, Coline, qui préférait rester assise, observait la scène en souriant.

Pendant ce temps, Hippo disposait les bûches en pyramide et allumait le feu. Les étincelles montaient vers le ciel, accompagnant les premières étoiles qui s'allumaient timidement. Au moment où Jacques s'apprêtait à annoncer que les côtelettes étaient prêtes, un bruit de moteur les fit sursauter. Des portières claquèrent à proximité, et une troupe bruyante de jeunes gens débarqua sur la plage.

Coline jubilait intérieurement : son plan avait parfaitement fonctionné.

La panique s'empara du groupe familial. Hippo, exaspéré, s'exclama :

– Mais que font-ils ici ?

La musique résonna soudainement, brisant le silence qui s'était installé.

Les voitures des jeunes gens déversèrent un flot d'énergie sur la plage, transformant rapidement l'ambiance paisible en un tumulte festif. Coline, assise sur son fauteuil de camping, observait les jeunes intrus avec un mélange de satisfaction et de malice. Elle savait que la présence bruyante des nouveaux arrivants perturberait la tranquillité qu'ils avaient espérée.

Jacques, tentant de garder son calme, regarda autour de lui, réalisant que leur petit coin de paradis sur la plage était désormais envahi. Hippo, visiblement contrarié, murmura à Thierry :

– Comment est-ce possible qu'ils arrivent ici ?

Diane, sortant de l'eau après sa brève baignade, secoua la tête avec déception. Elle avait espéré profiter d'une soirée paisible avec sa famille, loin du tumulte de la vie quotidienne.

Les nouveaux venus installèrent leur propre coin barbecue non loin de là, riant fort et dansant au son de la musique. Certains s'approchèrent même pour tenter d'engager la conversation avec le groupe de Jacques et Diane, curieux de savoir qui était cette famille tranquille qu'ils avaient involontairement perturbée.

Pendant ce temps, Coline se réjouissait intérieurement, un sourire en coin. Son plan pour gâcher la soirée avait fonctionné à merveille. Elle savourait l'idée que ces jeunes gens bruyants finiraient par chasser Jacques et les autres de la plage, ruinant ainsi leur moment de détente.

Hippo, de plus en plus contrarié par la situation, se leva brusquement :

– On devrait peut-être partir... Ça ne vaut pas la peine de rester ici avec tout ce bruit.

Jacques hésita, partagé entre l'envie de profiter du repas qu'il avait préparé avec tant de soin et le désir de ne pas gâcher complètement la soirée pour tout le monde.

Diane, enroulant sa serviette autour d'elle pour se sécher, murmura à Jacques :

– Peut-être que nous devrions effectivement partir. Ça ne semble pas vouloir se calmer ici.

Coline, observant la réaction de chacun, garda pour elle son triomphe intérieur. Elle avait réussi à semer la discordance dans le groupe, perturbant leurs plans pour une soirée tranquille à la plage.

Alors que la situation devenait de plus en plus chaotique sur le bord de mer, des phares de voiture balayèrent soudainement la scène, illuminant le groupe réuni autour du feu. Les jeunes fêtards se figèrent un instant, surpris par l'arrivée des gendarmes. Coline, les observant de loin, sentit une pointe d'appréhension mêlée à sa satisfaction.

Les gendarmes descendirent de leur véhicule avec sérieux, cherchant visiblement à identifier la source du feu de bois qui avait attiré l'attention à cause des conditions météorologiques sèches.

Hippo, qui avait allumé le feu avec enthousiasme, se sentit soudainement pris au piège. Les gendarmes s'approchèrent du groupe familial, leur demandant des explications sur la situation. Jacques, habituellement calme, tenta d'expliquer que c'était une simple soirée familiale et qu'ils avaient pris toutes les précautions nécessaires pour allumer ce feu.

Les gendarmes, après avoir vérifié les documents d'identité et discuté avec Jacques et Diane, se dirigèrent finalement vers Hippo pour lui expliquer les risques liés à l'allumage d'un feu dans des conditions météorologiques défavorables. Ils lui rappelèrent également les règles de sécurité et les amendes potentielles pour violation des règlements locaux concernant les feux de camp sur les plages.

Hippo, visiblement bouleversé par la tournure des événements, s'excusa sincèrement tout en comprenant l'importance de respecter les règles en vigueur, même si cela signifiait mettre fin prématurément à leur soirée.

Coline, observant la scène avec un mélange d'inquiétude et de réflexion, se rendit compte que son plan pour perturber la soirée familiale avait eu des conséquences inattendues pour son petit-fils. Elle se promit de réfléchir davantage aux aboutissements de ses actions à l'avenir, en sachant que cette expérience serait une leçon pour se remettre en question.

Ils sont rentrés déçus de la soirée qu'ils avaient prévue conviviale et pendant que Coline est allée se coucher, ils préparent le programme pour les jours suivants.

C'est Thierry qui se chargera de l'organisation de la journée du mardi. Il a prévu un bon repas pour Coline.

Celle-ci, à l'affût derrière la porte du couloir a perçu une bribe de leur conversation et elle va se coucher espérant que durant son sommeil elle trouvera une idée nouvelle pour modifier le plan de la soirée.

Son ami lui a envoyé un message pour lui souhaiter une bonne nuit et elle plonge dans de beaux rêves jusqu'au lendemain matin.

Chapitre 6

Le repas de Thierry

Le mardi se leva sous un ciel brumeux, une météo typiquement bretonne que Coline appréciait tant pour ses atmosphères matinales mystérieuses. En contemplant ce paysage familier, elle se remémora les jours précédents marqués par les réactions de sa famille vis-à-vis de sa nouvelle amitié, une pensée qui lui serrait le cœur. Comment pourrait-elle les convaincre de l'authenticité de cette amitié et dissiper les soupçons sans recourir simplement aux mots, si fragiles comme le dit le proverbe ? Déjà, elle avait savamment sabordé les deux dernières initiatives destinées à la plonger dans l'oubli de son récent passé : un départ en bateau manqué et un pique-nique à la plage troublé. Malgré les années qui marquaient son corps, son esprit vif regorgeait toujours d'imagination, prêt à déployer de nouvelles stratégies. Et ce n'était que le début de son plan.

Ce matin-là, Diane propose à sa mère :

– Pendant que je vais courir, pourrais-tu, si tu n'as rien d'autre à faire, tailler les hortensias qui en ont bien besoin ?

– Volontiers, cela va m'occuper un moment, répond sa mère avec un sourire.

– Quand je rentrerai, je passerai la tondeuse, car le gazon est haut.

– Tu n'as toujours pas acheté la tondeuse automatique qui court toute seule sur la pelouse ? s'étonne sa mère.

– J'attends encore un peu puisque j'ai encore la force de le faire moi-même. Donc, je reviendrai à peu près dans une heure.

– Où se trouve le sécateur ? demande Coline.

– Dans un des tiroirs de la cuisine, avec les couteaux, répond sa fille.

– Parfait, j'envoie un message et je vais m'y mettre.

– Mais à qui envoies-tu autant de messages ? demande Diane, légèrement curieuse.

Puis elle se mord la langue, sachant qu'elle a posé la mauvaise question.

– Tu le sais bien, c'est à mon ami. Je voudrais lui faire partager mon séjour breton à l'aide de photos.

– Bien, à tout à l'heure, dit Diane en claquant la porte.

Au moins, elle sait que sa mère pense toujours à lui, et cette constatation la met en furie. Elle court, elle court sur le sentier qui, au bout de cinq cents mètres, la conduit à la plage. À bout de souffle elle s'arrête, le cœur battant non sous l'effort de la course, mais suite à son mécontentement. Comment faire pour que sa mère devienne plus raisonnable et rompe les liens avec cet inconnu ?

« Je me fais du souci pour elle, car cette amitié ne durera pas. Comment réagira-t-elle alors ? » se demande Diane, inquiète. Elle connaissait les réactions imprévisibles de sa mère suite à une déception, une fugue en son adolescence, une autre avant le décès de son mari, des réactions qui pourraient, à son âge, nuire à sa santé ou à son état d'esprit. Ah ! Si elle avait le numéro de portable de cet homme, elle pourrait entrer en relation avec lui pour savoir qui il est et quelles sont ses intentions.

Tandis qu'elle continue sa course le long du sentier côtier, une idée lui vient en tête. Elle a remarqué que le portable de sa mère était souvent posé sur la table de la cuisine pendant qu'elle était ailleurs. En rentrant plus tôt que prévu de sa course, peut-être qu'elle pourrait saisir l'occasion pendant que sa mère est occupée à tailler les hortensias. Cette pensée la fait hésiter. D'un côté, elle se sent mal à l'idée de tromper sa mère de cette façon. D'un autre côté, elle se soucie sincèrement de la relation naissante de sa mère et des possibles dangers qu'elle perçoit.

À bout de souffle, elle ralentit son rythme de course en approchant de la plage. La mer calme et le bruit des vagues lui apportent une certaine tranquillité, mais son esprit est en ébullition. Elle a besoin de temps pour réfléchir à la meilleure façon d'aborder la situation avec sa mère, tout en gardant à l'esprit son désir de la protéger.

Ce soir-là, tous sont invités par Thierry, un voisin, l'ami fidèle et dévoué de la famille. Il est également un cuisinier hors pair. Il a le secret des repas délicieux avec des produits locaux et des recettes bretonnes authentiques. Il a prévu d'organiser un repas exceptionnel pour Coline, le mardi soir, avec des plats qui risquent d'éveiller de nouvelles sensations.

Vers 19 heures, réunis dans le salon pour l'apéritif, ils devisent gaiment, mais sans laisser à Coline la parole pour s'exprimer, redoutant toujours qu'elle leur parle de son ami. Mais cela ne risquait pas d'arriver et chacun pensait qu'elle l'avait déjà oublié. Seule Diane n'était pas dupe.

Tandis que Thierry est occupé à finaliser les préparatifs de son repas exceptionnel, un orage soudain éclate au-dessus de la région. Les nuages sombres avaient plané tout l'après-midi, mais personne n'avait anticipé qu'ils déchargeraient leur contenu si brusquement.

Les premiers éclairs zèbrent le ciel, suivis par un grondement lointain de tonnerre. Coline qui a peur de l'orage, frissonne en lançant un regard vers Diane pas très rassurée non plus. Puis, une violente rafale de vent secoue les arbres autour de la maison, annonçant l'arrivée imminente de la tempête. Dans un éclair aveuglant, la foudre frappe un poteau électrique à proximité, déclenchant une panne de courant qui affecte tout le quartier.

Les lumières s'éteignent brusquement, plongeant la maison et les invités dans l'obscurité totale. Le réfrigérateur cesse de fonctionner, et les appareils électriques s'arrêtent net. Le silence qui suit est seulement rompu par le bruit apaisant de la pluie battante sur le toit et les grondements du tonnerre.

Diane, qui connaît bien la maison de Thierry, s'empresse de chercher des bougies et des lampes de poche pour éclairer la pièce. Pendant ce temps, Thierry tente de garder son calme tout en vérifiant l'état des plats en cours de préparation. Il fallait agir vite pour éviter que les aliments ne se gâtent.

Pendant que le reste de la famille s'affaire à allumer des bougies et à trouver des solutions temporaires, Thierry se rend compte que la panne de courant a également affecté le fonctionnement de l'eau dans la maison. Il n'y a plus d'eau courante, ce qui complique encore plus les choses, car il a besoin d'eau pour terminer certains plats. Il était par habitude maître de la cuisine et des situations imprévues et il improvisa avec ce qu'il avait sous la main.

Dans un geste rapide et résolu, il cherche une solution alternative pour maintenir le repas sur la bonne voie malgré les circonstances. Il envisage de cuire certains plats sur le barbecue à gaz dans la véranda, utilisant les derniers instants de lumière des bougies et des lampes de poche pour surveiller la cuisson.

La soirée qui s'annonçait comme un repas délicieux et bien organisé devint ainsi une aventure culinaire imprévue, où chaque participant contribuait à sa manière pour surmonter les obstacles causés par la panne de courant. Malgré le stress initial, tous en vinrent à rire des circonstances et à apprécier encore plus les plats savoureux préparés par Thierry, même dans des conditions si inhabituelles.

Les conversations allaient bon train autour de la table. Un sujet particulier avait provoqué l'hilarité générale : le mystérieux « BZ » de Thierry.

Diane prend la parole :

– Quand il m'a dit un jour, je voudrais te montrer mon BZ, je n'avais pas la moindre idée de ce dont il s'agissait, et une idée saugrenue a germé dans mon esprit, dit-elle en riant.

Intrigué, Jacques demande :

– Un BZ, c'est quoi au juste ? Pourquoi ne nous le montres-tu pas ?

Tout le monde éclate de rire, et Christophe ajoute malicieusement :

– Peut-être qu'il ne veut le montrer qu'à Diane.

Les rires redoublent. Thierry, un peu confus, bégaye :

– Vous êtes tous incultes de ne pas savoir ce qu'est un BZ !

– Alors, explique-nous.

– Le lit BZ est une banquette convertible qui se plie en accordéon, commença Thierry, reprenant son sérieux. C'est un petit canapé compact équipé d'un sommier à lattes articulé surmonté d'un matelas. Lorsqu'elle se replie, la structure se plie en trois parties qui forment un Z, d'où son nom.

– Ah ! C'est ça ! s'exclament-ils tous, presque déçus de la banalité de l'explication.

– Une simple banquette convertible, il fallait le savoir !

La conversation dérive ensuite vers d'autres sujets, soulevant un soupir de soulagement chez Thierry, qui n'avait vu aucune connotation malicieuse dans son anecdote sur le BZ.

Jacques raconte :

– Figurez-vous que depuis quelque temps j'ai acheté un vélo pour me rendre en ville.

– Et alors ?

– Pas plus tard qu'hier quand j'ai voulu le récupérer sur les porte-vélos de la ville, je n'ai pas trouvé la clef du cadenas.

– Qu'as-tu fait ?

– Je suis rentré à pied chez moi, pour essayer de la retrouver dans mon appartement.

– Tu l'as retrouvée ?

– Non !

– Et ton vélo ?

– Il est toujours cadenassé sur la place de l'Hôtel de Ville.

– Et si on te le vole ?

– Sans la clé du cadenas, ça sera difficile.

– Mais tu es naïf ou tu le fais exprès…

Et la conversation devient un brouhaha de paroles dans lequel chacun tente de donner son avis.

La soirée se prolonge avec le partage de la musique préférée de chacun. Pour Coline, c'est un mélange éclectique incluant « Va où le vent te mène » d'Angelo Branduardi, « Forever Young » d'Alphaville, et « Femme Libérée ». Coline est sidérée de constater que sa fille connaît toutes ses chansons favorites.

Malgré l'orage à l'extérieur, la soirée est un véritable succès. Jacques, toujours attentionné envers Coline, veille à ce que son verre ne reste jamais vide. Sa présence réconfortante est un baume pour Coline, c'est le seul de la bande avec Vania à qui elle a pu confier le secret de son amitié.

– Demain, c'est moi qui organise ta journée, dit-il à Coline avant d'aller se coucher.

– Qu'as-tu prévu pour moi ? interroge-t-elle.

– Une belle journée en ma compagnie.

– Super ! Alors à demain.

Chapitre 7

La journée de Jacques

Jacques, un navigateur chevronné, a tout planifié soigneusement pour cette journée en mer avec Coline. Le soleil brille au-dessus du bateau qu'il a loué spécialement pour l'occasion, amarré sur le petit port de Landrellec. Coline qui fait entièrement confiance en Jacques n'éprouve pas d'appréhension pour monter à bord. Elle a revêtu un ciré et l'indispensable gilet de sauvetage.

Ils naviguent paisiblement le long de la côte, partageant des moments de complicité et de détente. Coline, enchantée, se laisse bercer par la beauté du paysage marin. Puis ils prennent le large jusqu'à ce que le phare ne soit qu'un petit point noir derrière eux. Coline est impressionnée par le pilote, tenant fermement le volant à deux mains, les cheveux dans le vent. Elle n'a peur de rien, assise à ses côtés. Ils semblent tous deux invincibles dans l'immensité.

– Regarde, à droite, des dauphins, lui signale-t-il.

– Elle fronce les yeux pour les apercevoir.

– Tu les vois ?

– Oui, je les aperçois, dit-elle en battant des mains. C'est la première fois que je vois des dauphins.

– On devrait en voir d'autres plus loin.

Mais comme il disait ces mots, soudain, le ciel commence à se couvrir rapidement. Les vagues, calmes jusque-là, commencent à se gonfler sous l'effet d'un vent violent qui semble surgir de nulle part. Jacques, habitué à la mer, sent l'atmosphère changer brusquement. Il jette un coup d'œil inquiet au ciel assombri.

– Coline, il semble que nous ayons de la compagnie imprévue, dit-il, essayant de cacher son inquiétude.

Coline se tourne vers lui, son expression passant de la joie à l'appréhension lorsqu'elle voit les premiers éclairs déchirer le ciel assombri.

– Une tempête ? demande-t-elle, sa voix se perdant dans le grondement lointain du tonnerre.

Jacques hoche la tête, sa main serrant fermement le volant du bateau.

– Accroche-toi, Coline. Nous allons devoir affronter ça ensemble, répond-il d'une voix calme, mais déterminée.

Les vagues se transforment en montagnes liquides autour d'eux, secouant le petit bateau comme un jouet. La pluie s'abat en rafales, réduisant la visibilité à quelques mètres. Jacques manœuvre habilement pour essayer de stabiliser le bateau, mais chaque vague semble vouloir les engloutir.

Coline se cramponne, son cœur battant la chamade. Elle lutte pour garder son calme alors que le bateau semble se battre contre les éléments déchaînés. Chaque coup de vent, chaque éclair lui fait craindre le pire.

Les vagues continuent de les assaillir, le vent hurle autour d'eux comme une force déchaînée. Jacques reste concentré, cherchant un cap sûr à travers la tempête. Chaque décision compte, chaque mouvement est crucial.

« Tiens bon, Coline ! » crie-t-il par-dessus le vacarme de la tempête. « On va s'en sortir. »

Coline s'accroche, résolue à ne pas céder à la panique. Ses mains sont glacées, son visage trempé par la pluie battante. Elle a confiance en Jacques, en sa capacité à les ramener sains et saufs à terre.

Des éclairs zèbrent le ciel, illuminant brièvement l'obscurité oppressante. La mer semble devenir de plus en plus hostile, chaque vague une nouvelle épreuve. Mais lentement, après ce qui semble une éternité, la tempête commence à perdre de sa fureur.

Les nuages s'écartent, laissant filtrer les premiers rayons du soleil. Le vent s'apaise progressivement, laissant place à un calme précaire sur la mer agitée.

Jacques tourne enfin le bateau vers la côte visible à l'horizon.

– On y est presque, dit-il, un sourire épuisé, mais satisfait se dessinant sur son visage.

Coline sent un mélange de soulagement et d'admiration pour Jacques. Ils ont survécu à la tempête ensemble, renforçant leur lien d'une manière qu'elle n'aurait jamais imaginée possible.

Une fois de retour à quai, le silence règne pendant un moment, seulement brisé par le clapotis de l'eau contre la coque du bateau. Coline regarde Jacques avec un mélange d'émotions indescriptibles. Il la prend affectueusement dans ses bras.

– Merci, Jacques pour cette expérience, parvient-elle enfin à dire, ses yeux brillants d'une reconnaissance profonde.

Jacques sourit doucement.

– C'était une journée que ni l'un ni l'autre n'oubliera jamais, répond-il, son regard reflétant l'intensité de l'épreuve qu'ils venaient de traverser.

Arrivé au débarcadère, plusieurs pêcheurs les attendaient.

– Comment, vous n'avez pas idée de partir en mer par ce temps et en plus avec votre mère.

Jacques sourit en jetant un clin d'œil à Coline.

– Nous nous en sommes bien sortis, pas de problème.

– Et vous Madame, pas trop eu peur.

– Si un peu, mais je faisais confiance en mon fils, ajoute-t-elle en riant.

Quand ils sont de retour chez Diane, les vêtements trempés, elle s'inquiète :

– Allez vite vous changer avant d'attraper froid. Que s'est-il passé ?

– Une tempête, explique Coline.

– Et tu n'as pas eu peur ?

– Si très peur, mais Jacques est un as, il a su me ramener saine et sauve. Merci encore Jacques, dit-elle avant d'aller se changer dans sa chambre.

Quand elle est partie, Diane dit à Jacques d'un air de reproche :

– Pourquoi l'avoir menée en mer par ce temps ?

– Mais il faisait très beau au départ, bien sûr que si j'avais prévu la tempête, j'aurais proposé un autre projet.

– Elle n'a pas eu peur ?

– Je trouve que ta mère a été très courageuse. Bravo !

Chapitre 8
La journée de Christophe

Christophe occupe une place particulière au sein du groupe : il est à la fois le père d'Hippo et l'ex-compagnon de Diane. Malgré leur séparation, ils entretiennent une relation excellente et se rendent souvent visite. Christophe incarne l'aventurier, l'homme des sentiers insolites et imprévisibles. Il a toujours des aventures sensationnelles à raconter. Son fils, admiratif, le considère comme un héros.

Ce jeudi-là, c'est à son tour d'organiser la journée de Coline, son ex-belle-mère. Il a prévu de l'emmener sur l'île Milliau près de Trébeurden, un site incontournable de la côte de Granit Rose.

– Je ne connais pas cet endroit, déclare Coline.

– C'est justement pour cela que nous y allons, répond Christophe en souriant.

– Ce sera une belle balade, mais il faudra marcher un peu, approuve Diane.

– Ou peut-être pas, nous ne sommes pas obligés de faire le tour complet de l'île, intervient Christophe afin de ne pas décourager Coline.

– Assure-toi d'avoir de bonnes chaussures et ta canne au cas où, conseille sa fille.

– Nous avons aussi des boissons et des sandwiches, donc pas d'inquiétude, ajoute-t-il.

Sur le pas de la porte, Diane les regarde s'éloigner sceptique comme si elle avait un mauvais pressentiment.

– Tout va bien se passer, dit Jacques rassurant. Ne fais pas ta mère poule.

Trébeurden n'est qu'à quelques kilomètres de Landrellec, et ils arrivent rapidement à destination. Après avoir garé la voiture sur le parking dominant la plage, Christophe ajuste son sac à dos rempli de provisions tandis que Coline prend soin de ne pas oublier son bob, ses lunettes de soleil, sa canne et son portable.

– Nous allons passer une magnifique journée sous le soleil. Es-tu prête ? Tu n'as rien oublié ? demande Christophe.

– Non, a priori, répond Coline.

– Et tes cachets pour la migraine ? On ne va pas revivre le lundi où tu as manqué le bateau pour les 7 îles, plaisante-t-il.

– Ne t'en fais pas, j'ai tout ce qu'il me faut cette fois-ci, assure-t-elle.

Christophe sort de sa poche le prospectus indispensable pour vérifier les horaires des marées pour le retour.

– Regarde, nous devons nous rendre sur l'île à pied. Si nous nous attardons trop, la marée haute rendra le passage impraticable. Nous avons environ deux heures et demie avant que cela ne devienne un problème.

– Assure-toi de ne pas le perdre, prévient Coline. Que sais-tu sur cette île ? demande-t-elle.

– D'après ce que je sais, un moine irlandais lui a donné son nom au sixième siècle, lorsque l'île était habitée par des moines venus du pays de Galles pour évangéliser la Bretagne.

Le soleil brille sans nuage, offrant un spectacle merveilleux. L'île est à seulement une centaine de mètres du continent, une distance tout à fait faisable pour Coline. Avec quelques autres visiteurs, ils commencent la traversée à pied, les lunettes de soleil indispensables pour contrer la réverbération intense de la lumière sur le sable. Ils se trouvent dans la lande où de nombreux lapins traversent leur chemin à la grande joie de Coline. Ils contournent une allée de dolmens qu'elle ne manque pas de photographier. Le spectacle de la mer est magnifique.

Alors que Christophe, Coline et les autres visiteurs profitent de leur exploration, une brume soudaine s'élève de la mer, enveloppant l'île dans un épais brouillard. La visibilité se réduit rapidement, rendant difficile la localisation des chemins et des points de repère.

Coline, qui a tendance à se déplacer lentement en raison de sa canne et de sa prudence, se retrouve soudainement isolée du groupe principal. Elle entend des voix étouffées à travers la brume, mais les silhouettes sont invisibles.

Elle croit entendre la voix de Christophe qui l'appelle, dans l'ouate de brouillard qui étouffe sa voix. De son côté, celui-ci essaie de retrouver Coline dont il se sent responsable.

– Que dirait Diane en me voyant revenir sans sa mère ?

Leurs téléphones portables perdent tout signal, pour se localiser l'un l'autre. Les minutes passent dans l'angoisse et ils réalisent qu'ils pourraient se retrouver piégés sur l'île si le brouillard persiste jusqu'à la marée haute, rendant la passe impraticable.

La tension monte alors que Coline tente de suivre les voix qu'elle entend, mais chaque pas semble l'éloigner davantage du groupe qui marche vite. Soudain, un homme attardé l'aborde gentiment :

– Ne vous écartez pas du groupe, prenez mon bras vous marcherez plus vite.

Coline accepte son aide providentielle et se confond en remerciements.

Pendant ce temps, Christophe, épuisé, mais déterminé, continue de chercher Coline à travers la densité du brouillard, espérant la retrouver avant que la marée haute ne les isole sur l'île.

Coline, qui a eu très peur, se sent rassurée grâce à son guide au bras ferme auquel elle s'agrippe. Elle pense que Christophe parviendra à rejoindre le groupe des touristes et ne s'inquiète pas pour lui. Tous réussissent à suivre le chemin indiqué malgré le brouillard. Les pieds dans l'eau, ils atteignent le continent juste à temps avant que la marée haute ne rende la passe impraticable. Une fois en sécurité, Coline essaie de contacter Christophe via son téléphone, mais il ne répond pas. Elle le cherche parmi le groupe, l'appelle, il n'est pas là. Il sera resté sur l'île, constate-t-elle paniquée, à cause de moi.

– Que va dire Diane en ne le voyant pas !

En effet, Christophe s'est perdu dans le brouillard. Son sens de l'orientation habituellement fiable semble lui faire défaut dans cette atmosphère confuse. Il tente de rester calme et de suivre les échos lointains des voix des autres visiteurs, mais chaque pas le mène plus loin de leur présence.

Il réalise qu'il est maintenant seul, entouré d'une brume dense qui dissimule les sentiers et les dangers potentiels. Il se demande aussi où est passée Coline, est-ce qu'elle a rejoint le groupe ? Il sait aussi qu'il doit trouver un abri sûr, car la marée montante va l'isoler complètement sur l'île où il devra passer la nuit.

Arrivée sur la terre ferme, Coline, saine et sauve s'inquiète pour Christophe et se dirige vers le poste de secours pour alerter les autorités de sa disparition. Elle appelle également Diane pour la mettre au courant de la situation.

– Comment est-ce arrivé ? demande-t-elle, la voix trahissant son inquiétude.

– Un épais brouillard est monté brusquement et nous avons été séparés. J'ai pu suivre le groupe et nous sommes revenus in extremis sur la terre ferme. Christophe n'était pas parmi nous. C'est un homme serviable qui m'a mise sur le bon chemin, sans lui je serais encore sur l'île. Si tu veux me retrouver, je serai au bar de la plage en sa compagnie.

– J'arrive immédiatement, répond sa fille.

Dans le brouillard épais, Christophe finit par trouver refuge dans l'ancien abri de moines en ruines. Il tente d'appeler avec son téléphone, mais sans succès. Il n'a plus rien à faire qu'à attendre. Il s'assied au pied du mur, le dos collé à la paroi et se souvient des sandwiches qui dorment dans son sac à dos. Il en engloutit un pour faire passer le temps, puis un autre. Repu, il s'apprête à passer la nuit dans l'inconfort le plus total, n'ayant plus qu'à espérer le jour pour se sortir de ce guêpier.

Alors qu'il se retrouve coincé sur l'île Milliau, Diane a rejoint sa mère. Très inquiètes pour la sécurité de Christophe, elles se rapprochent des autorités locales. Elles expliquent une nouvelle fois la situation au poste de secours et, fournissant toutes les informations nécessaires.

« Il ne s'agit pas d'une imprudence, mais d'un brouillard intense qui s'est abattu brusquement sur l'île. Il n'a pas de vêtements chauds, il sera frigorifié s'il passe la nuit là-bas. »

Elle ne peut pas dire l'endroit précis où Christophe pourrait s'être réfugié.

Les secours prennent la situation au sérieux, mobilisant une équipe de sauvetage spécialisée dans les opérations en milieu naturel et maritime. Ils utilisent des embarcations adaptées pour naviguer jusqu'à l'île malgré les conditions météorologiques difficiles.

Pendant ce temps, Christophe, sachant qu'il doit passer la nuit sur l'île, utilise ses compétences de survie pour se mettre en sécurité dans l'abri des moines qu'il a découvert. À intervalles réguliers, il émet des signaux lumineux avec la torche de son portable et des signaux sonores pour attirer l'attention des secours qui pourraient s'approcher de l'île.

Les heures passent avec une tension croissante à la fois sur l'île et sur le continent, mais finalement, grâce aux efforts combinés des secours et aux signaux de Christophe, l'équipe parvient à le localiser et à le ramener sain et sauf. C'est un moment de soulagement pour tous, marquant la fin de cette aventure imprévue.

– Tu nous as vraiment fait peur, s'exclame Diane. Comment le soleil a-t-il pu se transformer en obscurité aussi soudainement ?

– Ce sont les caprices de la météo, répond simplement l'homme qui a prêté son bras à Coline, n'oubliez pas que vous êtes en Bretagne au pays des Korrigans.

– De quoi s'agit-il ? s'informe Coline.

– Ce sont des lutins, bienveillants ou facétieux qui hantent les humains quand vient la nuit en leur jouant des tours, ce sont eux qui ont fait tomber le brouillard.

Coline sourit, car elle pense que l'homme a tout inventé pour dissiper une ambiance perturbée. Elle intervient vivement :

– Je voudrais vous présenter celui qui m'a sauvée, venez prendre un verre avec lui.

Diane, en souriant, accepte volontiers. L'inconnu, un homme de 70 ou 75 ans, inspire la sympathie.

– Monsieur, commence-t-elle, je vous suis très reconnaissante d'avoir sauvé ma mère.

– Je n'ai rien fait d'extraordinaire, je ne suis pas un héros, dit-il avec un petit rire amusé.

Diane, tendant la main au senior, ajoute chaleureusement :

– Si, pour moi, vous êtes un héros. Je ne sais pas comment vous remercier.

– Alors, ne me remerciez pas. Par contre, si cela vous convient, je vous invite tous les trois au glacier des 7 Îles à Perros, demain à 15 heures.

– Parfait ! s'exclame Coline avec enthousiasme. Nous aurons l'occasion de faire plus ample connaissance.

– À demain donc, conclut l'homme avec un sourire bienveillant.

Sur le chemin du retour, Coline monte dans la voiture de sa mère tandis que Christophe reprend la sienne.

– Tu lui as vraiment plu pour qu'il nous invite comme ça, dit Diane, taquine.

– C'est vrai qu'il est charmant. Peut-être est-il célibataire ? poursuit Coline, avec un léger sourire.

– Ne te laisse pas emporter, répond sa fille en riant.

Diane reste silencieuse, laissant sa mère savourer cette rencontre providentielle.

Arrivées à la maison, Jacques interroge :

– Alors cette journée ? Aussi imprévisible que la précédente ?

– Oui, c'est le climat breton, soupire Coline, je finirai par en prendre l'habitude.

– Que s'est-il passé ?

– Le brouillard est tombé brusquement sur l'île, c'est Christophe qui en a fait les frais.

– Raconte, insiste Hippo.

Christophe narre son aventure en y ajoutant quelques détails de son cru pour éblouir son fils.

– Diane ajoute, en faisant un clin d'œil à Jacques :

– Mais ce n'est pas tout, maman a fait une rencontre.

– Dans le brouillard ?

– Oui, dans le brouillard, ajoute Coline, un homme m'a offert son bras pour me ramener sur la terre ferme.

– Un homme ?

Et ils se regardent tous en souriant d'un air complice.

– Oui et il nous a invitées au glacier des 7 Îles demain à 15 heures.

– Cela a l'air sérieux, ironise Hippo.

– Vous allez y aller ?

– Pourquoi pas, que risquons-nous ?

– Tu as bien raison, Coline, tu verras bien. Ce n'est pas tous les jours qu'on rencontre des hommes aussi courtois.

Chapitre 9

L'homme inconnu

Le vendredi après-midi, Diane et Coline se retrouvent devant le glacier des 7 Îles. Christophe a préféré ne pas se joindre à elles. Le ciel est bleu, le soleil brille pour faire honneur à la rencontre. Quelques personnes consomment à l'extérieur. L'homme les attend :

– Bonjour à vous deux ! Ravi de vous revoir, les accueille-t-il avec un large sourire. À l'intérieur ou à l'extérieur, que préférez-vous ?

– À l'extérieur, répond Coline, il serait dommage de ne pas profiter du soleil.

Diane acquiesce.

– Merci encore pour votre aide sur l'île, ajoute Coline avec un sourire radieux. Sans vous je ne serais pas là. Merci pour votre invitation qui nous permet de passer ce moment avec vous.

Ils s'installent autour d'une table. Diane, qui les observe, constate que tout va bien. L'intérêt que porte l'inconnu à sa mère est bien accepté. Il n'a d'yeux que pour elle et se montre prévenant. Les glaces sont commandées et en attendant d'être servi, il commence à raconter des anecdotes sur l'île Milliau, captivant les deux femmes par son charme et son savoir-faire. Coline écoute attentivement, prenant un réel plaisir à ses récits.

À un moment donné, l'homme fait allusion à ses propres voyages et à ses expériences personnelles, piquant la curiosité de Coline.

– Vous semblez avoir vu beaucoup de choses dans votre vie, remarque-t-elle avec admiration.

Il sourit modestement.

– Oh, quelques aventures par-ci par-là. Mais rien de comparable à cette rencontre inattendue avec vous deux.

Coline intervient, curieuse :

– Comment avez-vous fini par venir vivre ici, en Bretagne ?

L'homme rit doucement.

– C'est une longue histoire. Disons simplement que parfois, la vie vous amène là où vous ne vous y attendez pas.

Leur discussion se prolonge dans l'après-midi, ponctuée de rires et de découvertes partagées. Au fur et à mesure que le temps passe, Coline réalise que cet homme, au-delà de son geste héroïque, éveille en elle un sentiment de connexion rare et précieux.

Alors que le soleil commence à décliner sur l'horizon, l'homme propose :

– Je serais ravi de vous revoir. Peut-être pourrions-nous nous retrouver ici-même, demain soir, pour dîner ensemble ?

Coline échange un regard complice avec sa fille qui lui fait signe d'accepter.

– Nous serions enchantées, répond-elle avec un sourire qui en dit long.

De retour à la maison, Diane ne tarit pas d'éloges sur cette rencontre.

– Hippo, je crois que ta mamy a fait une conquête.

– C'est vrai, Mamy raconte-nous ça.

Et Coline fait le récit de l'excursion sur l'île, le brouillard et le bras secourable tendu vers elle pour la guider vers la passe.

– Une belle aventure, conclut-il et à présent ?

– Il nous a invitées au glacier aujourd'hui et demain soir au restaurant.

– Mazette ! Vous en avez de la chance.

– C'est surtout maman qui l'intéresse, peut-être que je devrais te laisser seule avec lui au restaurant.

– Non ! proteste Coline, je ne saurais pas quoi lui dire.

– Pas besoin de parler dans ces cas-là.

– Que veux-tu insinuer ?

– Que tu lui plais, c'est évident.

– Tu crois ?

– Ne fais pas l'innocente, ce sont des choses que l'on sent.

Coline regagne sa chambre, songeuse. « Et si ma fille disait vrai ? Et si j'avais fait une rencontre importante ? Et si ? Et si ?

Ne t'emballe pas ma fille ! À ton âge, comment veux-tu qu'on s'intéresse encore à toi. »

Sur ce, elle se glisse entre les draps sans avoir consulté son portable où de nombreux messages de son ami resteront sans réponse ce soir.

Le lendemain, vers 20 heures, Diane et Coline retrouvent l'homme devant le glacier.

– Si vous le voulez bien, montez dans ma voiture, propose-t-il poliment.

– Où irons-nous ? demande Coline, curieuse.

– Nous partons pour Lannion, au restaurant l'AZIZA, un délice marocain.

– Quelle chance, j'adore la cuisine des pays du Maghreb. Comment l'avez-vous deviné ? s'exclame-t-elle, surprise.

– Mon 6e sens, répond-il avec un sourire énigmatique, mon sixième sens. Il ne m'a pas trompé.

Diane ne peut s'empêcher de sourire discrètement.

Le trajet jusqu'au restaurant n'est pas long. À leur arrivée, de nombreuses voitures sont déjà garées sur le parking.

– J'ai réservé, pas d'inquiétude, assure-t-il en ouvrant galamment la portière pour aider Coline à descendre en lui prenant délicatement la main.

Coline est sensible à ce geste de galanterie si peu commun.

L'intérieur est un enchantement de lumière tamisée et de tentures colorées qui créent une atmosphère exotique et chaleureuse.

Pendant le repas, ils échangent sur divers sujets : voyages et surtout littérature. L'homme se révèle non seulement charmant, mais aussi cultivé, suscitant l'admiration de Coline pour ses connaissances variées.

Intriguée par cet homme captivant, Coline le questionne sur ses passions et ses projets futurs. Il partage avec elle son amour pour la nature et son engagement pour la préservation de l'environnement, ce qui l'émeut profondément.

À un moment donné, l'homme tourne son regard doux vers elle.

– Depuis notre rencontre fortuite, je ne peux plus m'empêcher de penser à vous, avoue-t-il doucement.

Coline, surprise, mais touchée, croise son regard chargé d'émotion sincère.

– Moi aussi, je n'arrête pas de repenser à notre rencontre, confesse-t-elle avec un léger sourire.

Aurait-elle enfin trouvé l'âme sœur, quelqu'un avec qui partager ses passions, discuter de ses romans et poèmes, confier ses moments de solitude et ses tourments créatifs ? Peut-être comprendrait-il l'essence même de son métier de romancière, où elle façonne des univers, invente des destins, et se met en scène sans vivre une vie conventionnelle.

Leur échange est interrompu par Diane, qui propose de capturer ce moment en prenant une photo. Après avoir dégusté le couscous à l'agneau et les délicieux tajines, le dessert arrive. Coline est surprise par une soudaine célébration : c'est son anniversaire, qu'elle a oublié. Le serveur apporte un gâteau étincelant de bougies, tandis que la musique traditionnelle marocaine retentit avec un joyeux « bon anniversaire ». Les convives joignent leurs voix en chœur, ajoutant à la confusion et à la joie de Coline, qui ne s'attendait pas à un tel honneur.

– Est-ce que je peux vous embrasser ? demande l'homme, capturant l'importance de ce moment dans sa vie.

Coline, hésitante, mais encouragée par le regard complice de sa fille, rougit légèrement en offrant ses joues à l'homme qui dépose un baiser délicat sur chacune.

La soirée se prolonge dans une ambiance chaleureuse et complice, chacun savourant pleinement l'instant présent. Comprenant qu'il se passe quelque chose de fort entre eux, Diane propose :

– Si vous me reconduisiez à Perros, je récupérerais ma voiture et je vous laisserais terminer ensemble la soirée. Je dois rentrer à présent, puis-je vous confier ma mère avec la haute mission de le la ramener, mais pas trop tard.

Coline formule un geste de refus, mais l'homme accepte galamment la proposition.

– Où habitez-vous ? demande-t-il avec courtoisie.

– À Landrellec. Ma mère saura vous guider jusqu'à mon domicile.

L'homme les reconduit dans sa voiture. En cours de route, Coline réfléchit : « Non, je ne veux pas prolonger la soirée avec lui. J'ai peur de me laisser emporter par des sentiments auxquels je ne suis pas prête à faire face. Je suis une femme sérieuse, et l'aventure amoureuse n'est peut-être pas pour moi à mon âge. »

Arrivées à Perros, il propose :

– Que diriez-vous d'une promenade sur la plage au clair de lune ?

– Non, pas ce soir, répond Coline avec douceur. Je me sens fatiguée et je préfère rentrer avec ma fille. Peut-être une autre fois...

L'homme, visiblement déçu, n'insiste pas.

– Alors à une prochaine, lance-t-il avec un sourire amer.

– Oui, à une prochaine fois, répond Coline avec une légère hésitation.

Pendant qu'elle rentre avec sa fille, Coline sent son cœur battre plus fort. Elle réalise qu'avec cet homme, elle a peut-être trouvé bien plus qu'une simple rencontre fortuite. Peut-être, une nouvelle page de son histoire va-t-elle s'écrire ?

Chapitre 10
Le dilemme de Coline

De retour dans sa chambre, Coline, chamboulée par cette rencontre, consulte les messages de son ami, accumulés sur son portable. Elle lit une sourde inquiétude, car, habituellement, elle répond du tac au tac. Rappelée à la réalité, elle n'a pas le courage de lui répondre ce soir. Demain, peut-être.

« Que se passe-t-il ? Tu m'as oublié ? J'ai hâte de te retrouver » disent ses textos, mais le poids de ses mots pèse moins dans la balance que celui de ses propres pensées.

En effet, depuis deux jours, son esprit est habité par l'inconnu qui l'a guidée à travers le brouillard, sa gentillesse et son charme effaçant presque la différence d'âge, car il doit avoir une dizaine d'années de moins qu'elle. Comparé à son ami, trop jeune, avec ses aspirations à fonder une famille et à suivre un chemin prévu, cette rencontre la pousse à réfléchir. Elle sait qu'elle ne pourra jamais occuper une place centrale dans sa vie future. L'idée qu'il trouve un jour une compagne, qu'il s'éloigne d'elle et construise une nouvelle vie, est une perspective douloureuse, mais inévitable qu'elle a déjà envisagée.

Elle anticipe déjà la souffrance de retomber dans le néant de la solitude et du désespoir. C'est de cette amitié impossible que sa fille voudrait la protéger afin de lui épargner la douleur certaine de la rupture de cette relation qui ne peut mener à rien. Elle comprend mieux à présent le projet de ses proches voulant la préserver et non lui faire du mal en essayant de détourner son esprit de cet ami trop jeune pour elle.

Les douze coups de minuit viennent de retentir au clocher voisin alors que Coline reste assise sur son lit, le regard perdu dans les ombres dansantes de la nuit. Les mots des messages de son ami résonnent encore dans sa tête, mais c'est l'image de l'inconnu qui occupe son esprit.

Elle repense à leur rencontre, à la manière dont il l'a regardée avec cette bienveillance qui semble si rare de nos jours. Une partie d'elle veut croire en cette connexion inattendue, alors que l'autre côté de sa conscience lui rappelle les réalités incontournables de la vie.

Les émotions se mêlent en elle : l'espoir fragile d'une nouvelle possibilité, contre la certitude amère de l'incompatibilité avec son jeune ami. Elle sent une vague de confusion l'envahir alors qu'elle tente de démêler ses sentiments, sans y parvenir.

Un léger bruit attire son attention, un nouveau message s'affiche sur son téléphone. Elle hésite un instant avant de le lire. C'est un texto de son ami, encore une fois plein d'enthousiasme et d'attente : « je t'en supplie, réponds, ton silence m'inquiète, tout va bien ? »

Elle prend une profonde inspiration, sachant qu'elle ne peut pas éviter cette conversation éternellement. D'une main tremblante, elle commence à composer une réponse, cherchant les mots qui pourraient exprimer ses pensées sans le blesser. Au dernier moment, elle efface le message.

Le dilemme devient presque insupportable. Coline sait qu'elle doit prendre une décision, tôt ou tard, sur la direction à prendre dans sa vie sentimentale. Mais pour l'instant, elle est prise entre deux mondes, entre deux chemins possibles, se demandant si le destin lui réserve une autre rencontre, ou si elle doit choisir entre sécurité et passion. Elle sait aussi que le temps qu'il lui reste à vivre est compté, des jours, des mois, peut-être encore une année ? Chaque instant est important désormais, chaque décision pèse lourd dans la balance de sa vie. Elle doit vivre le temps présent, sans regard en arrière, sans regard vers le futur.

Une partie d'elle se demande ce que l'inconnu fait à cet instant. Est-il en train de penser à elle aussi ? Est-ce qu'il ressent quelque chose de similaire ? Elle conserve l'image de son visage qui s'est rapproché du sien et du contact de ses lèvres sur ses joues. Devrait-elle laisser passer cette chance d'être à nouveau aimée ? Incapable de mettre un terme au dilemme, une profonde lassitude l'envahit. Elle fait le bilan de son séjour. Des regrets la tourmentent concernant ses récentes actions envers ses proches, des moments de tendresse et de partage qu'elle a volontairement sabotés : manquer le départ du bateau avec sa fille, faire échouer le pique-nique nocturne de son petit-fils sur la plage. Des larmes embuent ses yeux, mais il est trop tard pour revenir en arrière. Pourquoi a-t-elle toujours tendance à voir le mal là où il n'y a que bienveillance ?

Le jour se lève sans qu'aucune décision n'ait été prise.

Coline, épuisée par une nuit blanche de réflexion, tourmentée, reste prise entre deux chemins incertains. Elle prend le parti de répondre aux messages de son ami pour préserver cette relation amicale précieuse, tout en maintenant une distance émotionnelle prudente. Elle se projette dans un futur inéluctable où leurs chemins finiront par se séparer, laissant derrière elle un vide douloureux. « Dois-je accepter cette souffrance ? Pourquoi ? » se torture-t-elle. « Et si cet inconnu ne partageait pas mes sentiments ? Ai-je été trop prompte à m'enflammer ? »

Dans deux jours à peine, elle reprendra l'avion pour rentrer chez elle, plongeant de nouveau dans la morosité d'une vie sans relief. Mais elle retrouvera son ami, celui en qui elle a confiance, qui lui apporte sa présence, son soutien, sa gentillesse, même si leur amitié semble destinée à être éphémère. Elle réalise que c'est lui qui a ravivé son cœur, qui lui a redonné de l'élan, et qui est présent à chaque instant dans son esprit. Va-t-elle sacrifier son amitié pour une illusion ? D'abord, que sait-elle de cet inconnu ? Rien, ni son nom, ni son domicile, pourquoi ce mystère ?

Chapitre 11
Les confidences de Vania

Après une nuit agitée à remuer ses pensées, Coline se lève avec une migraine naissante. En se dirigeant vers la cuisine pour prendre un cachet, elle est surprise de trouver Vania déjà levée, une crêpe à la main, délicatement enduite de confiture.

– Est-ce que tout va bien ? demande-t-elle à Coline.

– Pas trop, répond-elle, j'ai une migraine qui pointe le bout de son nez. Si je prends mon cachet tout de suite, j'ai encore une chance de l'éviter. Hier soir, on s'est un peu laissé emporter avec l'alcool, ce qui n'est pas dans mes habitudes.

– Je vais te préparer ton café, du café soluble comme d'habitude ? Va t'asseoir pendant que je te sers.

– Merci, tu es adorable. Les autres ne sont pas encore levés ?

– Si, Hippo et Diane sont partis courir, et les trois autres préparent leur matériel pour la pêche. Nous voilà seules. Comment s'est passée ta soirée ?

– Diane t'aura sûrement dit que j'ai rencontré un homme providentiel sur l'île Milliau, un homme qui m'a guidée sur la terre ferme à travers le brouillard. Depuis, il nous a invitées, Diane et moi, d'abord à un glacier, puis hier soir au restaurant. Apparemment, j'ai fait forte impression sur lui.

Vania, embarrassée, évite le regard de Coline qui poursuit :

– Depuis, je ne sais plus où j'en suis. Son attitude me trouble. Il est courtois, cultivé, agréable et...

– Serait-ce que tu es amoureuse ? coupe Vania.

– Je ne sais pas si c'est ça exactement, mais depuis notre rencontre, je ne pense qu'à lui.

– Tu tombes souvent amoureuse ?

– Non, pas spécialement. Ça fait des décennies que je n'ai pas ressenti quelque chose de similaire.

– Et ton jeune ami dont ta famille semble vouloir te séparer ?

Coline éclate de rire :

– Lui, c'est différent. C'est de l'amitié pure que je ressens pour lui. Il est bien trop jeune pour que je puisse envisager autre chose. Ce serait absurde. Comment pourrais-je espérer un amour partagé avec une telle différence d'âge ? Je pourrais presque être sa mère. Il lui faut une femme jeune pour fonder une famille.

– Peut-être devrais-tu expliquer tout ça à ta fille, qui semble avoir imaginé une demande en mariage et tout le tralala.

– Mais c'est complètement fou ! Comment ont-ils pu penser une telle chose ?

– Ils connaissent la romancière, imprévisible, fantasque, car ils lisent tes romans à l'affût de mieux cerner ta personnalité et ils s'inquiètent pour ton bonheur, répond doucement Vania.

Coline soupire, se demandant comment expliquer sa vie sentimentale complexe faite de fictif et de réel, à ceux qui l'entourent, si bien intentionnés.

– Mais est-ce que je me préoccupe vraiment de leurs amours, moi ? Chacun doit vivre sa vie comme il l'entend. Quelle idée saugrenue ! Je comprends mieux maintenant leurs appréhensions concernant mon jeune ami.

– Donc, tu es sûre de toi, c'est de l'amitié et non de l'amour que tu ressens ?

– Qu'importe ! Cela ne regarde que moi.

– Et que ressent-il pour toi ?

– Comment veux-tu que je le sache, je ne lui ai jamais posé cette question. Il est amical, c'est tout.

Vania termine son café et se lève pour ranger sa tasse dans le lave-vaisselle. Quand elle se tourne vers Coline, son visage trahit une gêne palpable.

– Il faut que je te dise quelque chose, dit-elle hésitante.

– De quoi s'agit-il ? demande Coline intriguée.

– Quelque chose que tu ne vas pas aimer entendre, mais je pense honnêtement que tu dois savoir...

– Savoir quoi ? presse Coline.

– L'homme que tu as rencontré n'est pas celui que tu crois, dit Vania avec une certaine réticence.

– Que veux-tu dire ? s'étonne Coline.

– Il s'agit d'un comédien.

– Et alors ?

– Tu ne comprends pas ?

– Non, que devrais-je comprendre ?

– Il joue un rôle... dans ta vie. Ils l'ont payé pour ça.

Le visage de Coline perd toute couleur, ses mains tremblent, et sa tasse de café se renverse. Les mots peinent à sortir de sa gorge nouée, mais elle réussit enfin à articuler :

– Pourquoi ont-ils fait ça ? C'est odieux ! Comment pourrai-je leur pardonner d'avoir joué avec mes sentiments ?

Elle éclate en sanglots. Vania la prend dans ses bras pour la réconforter.

– Ne pleure pas, ils n'avaient pas d'autre choix. Tu semblais tellement éprise de ton ami, tu ne parlais que de lui. Ils ont eu peur que ça n'aille trop loin, tu dois essayer de les comprendre.

– Je les déteste tous ! Jamais je ne leur pardonnerai le mal qu'ils m'ont fait. Ils ont été trop cruels envers moi.

– Le pardon est une preuve d'amour, et tu les aimes. Le temps viendra où tu auras tout oublié.

Coline, le cœur brisé et l'âme tourmentée, doit maintenant faire face à la dure réalité, ses sentiments ont été manipulés.

Soudain, elle prend une folle décision. Les clefs de la voiture de Diane sont sur la table, elle s'en empare. La voiture est garée sur le chemin qui longe la maison. Tandis que Vania prend sa douche, elle grimpe dans la voiture, démarre en trombe. Le moteur vrombit, les façades des maisons défilent de chaque côté. Elle prend une rue, puis une autre au hasard et se retrouve sur la route qui longe la mer vers Trébeurden. Un chemin sur la gauche l'invite, elle le prend et s'enfonce dans la campagne bretonne, son esprit accablé par le poids de la trahison.

Sur de petites routes, les kilomètres défilent, sans pour autant laisser derrière elle le tumulte des émotions. À chaque tournant, elle se demande si elle aura le courage de diriger la voiture contre un arbre afin d'en finir définitivement. Elle ne souhaite plus les revoir après ce qu'ils lui ont fait subir. Leurs visages se superposent dans son esprit : les sourires complices, les regards furtifs qui l'assaillent comme des flèches de déloyauté, accompagnées de leurs ricanements. « Ah ! Ils se sont bien moqués de moi ! » Des larmes de déception roulent sur ses joues, voilant sa vision.

Perdue dans les méandres des voies secondaires bretonnes, elle fait un arrêt afin de vérifier si elle peut être localisée par son téléphone portable. Il n'a plus de batterie. Elle jette un regard anxieux à l'écran noir, un sentiment d'isolement s'ajoute à sa détresse déjà profonde. « Que suis-je venue faire en Bretagne, j'étais si bien chez moi ? » Se demande-t-elle, la mort dans l'âme. Elle s'enfonce dans la forêt, se gare à l'ombre d'un vieux chêne et ferme les yeux, la tête posée sur le volant et s'endort pour oublier la triste réalité, se sentant abandonnée de tous.

Pendant ce temps, Diane, à son retour, a constaté la disparition de sa voiture. Elle interroge Vania :

– As-tu vu Coline ce matin ?

Vania répond, embarrassée :

– Oui, pourquoi ?

– Elle a disparu et ma voiture n'est plus là. Que s'est-il passé ? Réponds.

Vania se sent obligée de lui dire qu'elle a fait des révélations au sujet du comédien.

– Pourquoi lui as-tu dit, tu as trahi notre secret. Où est ma mère à présent ?

Vania lui répond avec indignation :

– Vous trouvez normal de jouer avec les sentiments d'une personne âgée en lui faisant croire qu'un homme est amoureux fou d'elle ? Peut-être a-t-elle déjà envisagé de changer radicalement de vie ? C'est inhumain, et je ne veux pas participer à cette cruelle mascarade dans le but de la détourner d'un ami que vous ne connaissez même pas et qui est peut-être irréprochable. Vous vous rendez compte de la situation ? Vous avez joué avec ses sentiments, c'est une personne fragile, au lieu de la protéger, vous l'avez humiliée et je comprends sa réaction, elle n'avait pas d'autre choix que de mettre de la distance entre elle et vous.

Diane, peinée, détourne la conversation :

– À présent il faut se mettre à sa recherche, elle ne connaît pas la région.

Inquiète et morfondue pas les accusations de Vania, elle commence à appeler frénétiquement sa mère sur son téléphone. Son appel retentit dans le vide, laissant un silence oppressant lui répondre.

« Elle a dû mettre le mode avion ou elle n'a plus de batterie, elle est injoignable. »

Craignant le pire, elle compose le numéro des gendarmes locaux, expliquant la situation et demandant leur aide pour retrouver sa mère.

Les heures ont passé. Elle a dormi longtemps d'un sommeil lourd qui l'a plongée dans l'oubli d'une situation difficile. Quand elle ouvre les yeux, la journée s'achève, la nuit tombe lentement, enveloppant la campagne dans un voile sombre. Elle frissonne, elle ne sait pas où elle est. Elle s'apprête à passer la nuit dans la voiture, sans manger et sans eau. Le froid l'enveloppe, elle a quitté la maison, ce matin, en vêtements légers. Elle grelotte et se recroqueville en s'allongeant sur les deux sièges avant.

Soudain, des phares puissants apparaissent derrière elle, des véhicules de recherche lancés par les autorités locales. Elle entend les voix des gendarmes et celle de Diane qui déclare avec un soupir de soulagement :

– C'est elle, c'est bien ma voiture.

Les gendarmes éclairent soudainement l'habitacle. Éblouie, elle met une main devant ses yeux tandis que Diane ouvre la portière avant gauche en disant :

– Tu nous as fait une belle peur.

– Tu as eu surtout peur pour ta voiture, avoue, rétorque Coline.

– Ne dis pas de bêtise et descends, laisse-moi prendre le volant.

Le soulagement, mêlé à la honte, envahit Coline alors qu'elle réalise l'ampleur de l'inquiétude qu'elle a causée.

Le moment d'émotion dissipé, Diane, soulagée, qui effectue une marche arrière, semble visiblement contrariée.

– Maman, pourquoi as-tu fait ça ? On était tellement inquiets !

Coline, submergée par les émotions, murmure des excuses incohérentes. Elle réalise maintenant qu'elle ne peut plus fuir ce qui s'est passé, ni les conversations difficiles qui l'attendent.

Les gendarmes suggèrent à Diane et Coline qu'elles peuvent rentrer chez elles en toute sécurité. Dans la voiture, le silence est pesant. Coline, les yeux rivés sur la route sombre qui défile sous les phares, sent le poids de ses actions et de ses émotions comprimées contre sa poitrine.

– Diane... je suis désolée, finit-elle par murmurer, la voix tremblante.

Diane, les mains serrées sur le volant, ne répond pas immédiatement. Vingt minutes plus tard, elle se gare devant la maison et coupe le moteur, laissant le silence envelopper leur présence.

– Je ne comprends pas pourquoi tu es partie comme ça, dit-elle enfin, la voix tendue. On aurait pu en parler, Maman, tu sais que tu peux me faire confiance.

Ces mots pénètrent le cœur de Coline comme des lames de couteau.

– Tu as joué avec mes sentiments en me faisant croire que j'étais aimée et tu me parles de confiance quand il s'agit de trahison.

Elle se tourne vers Diane, cherchant désespérément les mots qui l'atteindraient en augmentant cette distance soudaine entre elles. Les émotions se bousculent en elle, sans regret, ni peur et avec un besoin profond d'obtenir réparation de la part de sa fille.

– Je... je n'arrivais pas à affronter tout ça, murmure Diane, ton amitié subite avec un inconnu, les dangers que nous avions prévus dans cette relation, tu comprends ça ?

– Non, demain je prends l'avion et que désormais plus personne ne me juge ni ne s'occupe de diriger ma vie, c'est compris ! J'ai besoin de temps pour réfléchir, pour comprendre.

– Tu aurais dû me le dire. On aurait pu trouver une solution ensemble.

Finalement, Diane tend une main hésitante vers sa mère, brisant doucement le mur invisible qui s'était dressé entre elles. Coline serre cette main avec force, et prend sa fille dans ses bras. Les larmes dues à la réconciliation inondent leur visage.

Entre deux sanglots Diane lui dit :

– Rentrons. On va prendre une tasse de thé, et demain matin, on pourra discuter.

Coline acquiesce, sentant un soulagement infini la submerger. Les deux femmes sortent de la voiture, se tenant côte à côte, prêtes à affronter ensemble ce que l'avenir leur réserve.

Les autres attendent dans le salon. Jacques le premier se précipite et la prend dans ses bras en disant à son oreille : « courage, ne baisse pas les bras, tu as beaucoup de choses à m'apporter. »

Elle lit dans leurs yeux une émotion sincère qui la touche. Ils ont tous voulu la protéger, peut-elle leur en vouloir ? Elle se souvient de la maxime qu'elle a postée sur Facebook « si tu ne peux pas pardonner, c'est que tu ne sais pas aimer ».

Chapitre 12

Le comédien

Le samedi matin, tandis que Coline déambule dans le petit marché local animé de Pleumeur-Bodou, elle sent une tension nerveuse monter en elle. Sur l'étroite place, entre les étals colorés de fruits et légumes, son regard croise celui du comédien. Malgré la foule qui s'agite autour d'eux, il semble la repérer instantanément. Son visage s'illumine d'un sourire chaleureux et il se fraye un chemin à travers les passants pour se diriger vers elle, l'air ravi de la retrouver.

Coline hésite un instant, se demandant si c'est bien lui cet homme en tenue décontractée ou un autre qui lui ressemble ; puisqu'il l'a reconnue, ce doit être lui. Elle se demande s'il est au courant de ce qui s'est passé la veille. Est-ce que quelqu'un l'a prévenu de ce qu'elle sait sur lui ? Elle sent un mélange de méfiance et de curiosité l'envahir alors qu'il s'approche, son sourire toujours aussi radieux.

– Coline ! Quelle surprise de te voir ici, s'exclame-t-il avec enthousiasme. Comment vas-tu ? dit-il d'un ton familier.

Elle le dévisage, évaluant ses propres émotions.

– Bonjour... euh, je vais bien, merci, répond-elle d'une voix légèrement hésitante.

Il semble ne pas remarquer son malaise et poursuit,

– J'ai entendu dire que tu es passionnée par l'histoire locale. Peut-être que je pourrais t'accompagner un jour pour te montrer quelques endroits intéressants.

Coline sent son estomac se nouer. Ses pensées se bousculent : devrait-elle jouer le jeu ou lui dire directement ce qu'elle sait ?

Coline hésite un instant, puis décide de confronter directement le comédien. Elle se tourne vers lui, ses yeux fixant les siens avec détermination.

– Écoute, je sais que tu joues très bien la comédie, mais laisse-moi tranquille, déclare-t-elle d'un ton ferme, mais contrôlé.

Le sourire du comédien s'efface légèrement, remplacé par une expression de surprise mêlée d'incompréhension.

– Je... je ne comprends pas de quoi tu parles, Coline.

– Ne joue pas à ça avec moi, réplique-t-elle, les mots sortant plus durs qu'elle ne l'aurait voulu. Je sais ce qui s'est passé. Je sais la vérité.

Le visage du comédien se durcit à son tour, ses yeux cherchent ceux de Coline comme s'il cherchait une issue. Il prend une profonde inspiration, puis dit d'une voix plus calme, mais chargée de tension :

– Tu ne sais rien. Tu as mal interprété les choses.

– Je sais ce que j'ai vu et entendu, insiste Coline, sa voix tremblant légèrement malgré son assurance extérieure. Je ne veux plus que tu m'approches. Laisse-moi en paix.

Sans attendre de réponse, elle tourne les talons et s'éloigne tandis qu'une voix familière l'appelle à quelques pas.

« Coline ! Viens voir ces jolies poteries ! »

C'est Diane, sa fille, qui semble avoir soudainement surgi comme un ange gardien. Coline jette un regard reconnaissant vers elle, puis la suit. Dans son dos, elle sent le regard du comédien peser sur elle dans un mélange de défi et de frustration.

Une fois à l'abri des regards, Diane regarde Coline avec une expression interrogative.

– Ça va ? Tu as l'air un peu... tendue.

Coline soupire, essayant de calmer les battements rapides de son cœur.

– Diane, il faut que je te demande quelque chose... as-tu dit au comédien que je sais qu'il joue la comédie ?

– Bien sûr qu'il le sait.

– Alors pourquoi continue-t-il à faire semblant.

Diane écoute attentivement ce que Coline commence à lui expliquer sur ce qui s'est passé et l'attitude du comédien.

– Lui as-tu dit que tu n'avais plus besoin de ses services ? insiste Coline.

– Oui, il a reçu sa rémunération, à présent il est libre de faire ce qu'il veut.

Coline marche aux côtés de Diane, son esprit encore tourmenté par la confrontation avec cet homme. Malgré sa fermeté, une question persiste dans son esprit.

– Diane, commence-t-elle après un moment de silence, et s'il était réellement tombé amoureux de moi ?

Diane regarde sa mère avec compréhension, consciente des nuances émotionnelles qui sous-tendent cette question. Elle prend une pause avant de répondre, choisissant ses mots avec soin.

– Je sais que c'est difficile à envisager après tout ce qui s'est passé, mais il est possible qu'il ait développé des sentiments réels. Cependant, cela ne change pas les faits ni ta décision de mettre fin à cette situation, n'est-ce pas ?

Ensemble, elles continuent leur promenade, déterminées à ne pas laisser cette rencontre troubler leur journée plus longtemps.

– Maintenant, concentrons-nous sur ce qui vient et oublions le comédien.

– Tu as raison ma fille, rentrons, je dois commencer à faire ma valise.

– N'est-il pas trop tôt ?

– Tu me connais j'aime anticiper.

Cependant elle ne peut s'empêcher de penser une fois de plus « était-il sincère ou jouait-il encore la comédie ? »

Chapitre 13

Le dénouement

Le séjour breton de Coline chez sa fille a pris fin le dimanche, après une semaine bien remplie. Jacques s'est proposé de la reconduire à l'aéroport de Brest, proposition qu'elle a volontiers acceptée. Sur le trajet, ils se remémorent les moments passés, riches en péripéties. Alors, mise en confiance, Coline se tourne vers Jacques avec une pointe de réserve.

– Tu sais, le soir de mon arrivée, quand je suis rentrée dans ma chambre, en passant dans le couloir, j'ai entendu vos voix derrière la porte et, puisque mon nom revenait à plusieurs reprises, j'ai écouté sans être vue et j'ai compris que votre plan était de me détourner de mon nouvel ami, en proposant des distractions diverses, afin que je ne pense plus à lui. Cette idée machiavélique m'a révoltée, tu t'en doutes. Alors, j'ai décidé de saboter vos plans.

– Ah bon, tu as fait ça ? répond Jacques, à moitié amusé, à moitié surpris.

– Oui, j'étais furieuse, tu me comprends, donc j'ai commencé dès le lundi. D'abord, en ratant volontairement le départ de la vedette pour les 7 Îles. Malheureusement, cela n'a pas eu l'effet escompté. Je voulais embêter Diane, mais finalement, elle a passé un moment merveilleux avec un autre passager à ma place. C'est tout juste si elle ne m'a pas remerciée d'avoir manqué le départ. Il fallait que je me rattrape.

– Et ensuite ? Jacques était curieux, sachant que Coline ne manquait pas de ressources.

– Ensuite, le lundi soir, j'ai perturbé le pique-nique sur la plage en lançant le projet sur les réseaux sociaux.

– C'est toi qui as attiré tous ces envahisseurs ? s'exclame-t-il avec amusement.

– Oui, c'était moi. Mais quand j'ai vu que mon petit-fils aurait pu avoir des ennuis à cause de mes actions, j'ai décidé de mettre un frein à ma vengeance. Pour la suite des événements, les éléments naturels sont intervenus en ma faveur : l'orage chez Thierry, le brouillard sur l'île, la tempête sur ton bateau.

Jacques sourit.

– Tu ne manques pas d'imagination, Coline. On reconnaît bien la romancière en toi.

– Vous n'en manquiez pas non plus en engageant ce comédien pour me faire croire à son amour profond. Je vous ai tous détestés une seconde fois, d'où ma fuite précipitée avec la voiture de Diane.

– Tous ?

– Non, sauf toi et Vania qui avez été plus compréhensifs, ajoute-t-elle, les yeux brillants d'une flamme nouvelle.

Leur conversation, teintée de complicité, mêlée à une admiration réciproque pour les stratégies et les rebondissements que Coline avait imaginés pour perturber les plans bien intentionnés de ses hôtes bretons, se termine par un silence pour cacher leurs émotions.

À l'aéroport, après un dernier verre au bar, le moment des adieux arriva, une bise, des gestes de la main, des regards émus et Coline prit son envol vers Blagnac.

Cette semaine en Bretagne aura été riche en émotions diverses pour Coline et sa famille…

Il est presque minuit, la romancière est toujours devant l'écran de son ordinateur et ses doigts courent sur le clavier. Il ne lui reste que le dernier chapitre de son roman à écrire. Comment va-t-elle terminer cette histoire ?

Mais l'inspiration n'est pas au rendez-vous. Perdue dans le silence oppressant de son bureau, elle fixe l'écran vide de son ordinateur avec une angoisse grandissante. Les idées qui jaillissaient avec aisance semblent maintenant se dérober comme des ombres fugaces dans l'obscurité. Elle sent le poids de chaque minute qui s'étire, marquée par le tic-tac lancinant de son horloge décorée d'anges sur le buffet. La frustration monte, teintée d'une étrange inquiétude.

« Est-ce là le début de la fin » se demande-t-elle, face au moment crucial où elle doit écrire le dernier chapitre ? Les mots qui hier dansaient sur l'écran, semblent ce soir lui échapper. Chaque tentative pour esquisser une nouvelle scène se heurte à un mur invisible de blocages. Que faire ?

Alors elle ferme les yeux pour se remettre en question.

Qu'est-ce que l'acte d'écrire pour elle ? Tout d'abord un passe-temps, une forme d'évasion du quotidien dans des univers où les possibilités sont infinies. Depuis toujours, l'écriture lui offre une liberté totale d'expression où elle peut donner vie à des personnages et à des situations qui ne seraient peut-être jamais possibles dans la vie réelle. Les histoires qu'elle crée ne sont pas toujours les reflets de ses propres expériences et émotions, mais des mondes entièrement nouveaux qu'elle façonne à partir de rien. Cela lui permet d'explorer des scènes et des personnages qui vont au-delà de ce qu'elle pourrait rencontrer dans sa réalité quotidienne. Ensuite, chaque séance d'écriture devient pour elle une forme de défoulement, où elle peut exorciser ses émotions et ses peurs à travers la création de scénarios fictifs. Elle peut ainsi revisiter des expériences passées, des regrets ou des désirs refoulés d'une manière sécurisée et constructive. Enfin, elle trouve inconsciemment dans l'écriture un moyen d'autoassistance puissant et libérateur. Elle n'aurait pas besoin de consulter un psychologue comme certaines âmes tourmentées, car elle trouve déjà une forme de thérapie à travers ses mots. Lorsqu'elle écrit, elle se libère de ses tourments et explore des fantasmes qui peuvent être tabous ou difficiles à partager autrement. L'écriture est à la fois pour elle une évasion et une thérapie, car elle a une confiance profonde dans son pouvoir, pour son bien-être émotionnel. Pour elle, chaque séance d'écriture devient une forme de conversation avec elle-même, où elle peut explorer en toute sécurité ses émotions et les aspects de sa personnalité qu'elle trouve difficiles à exprimer autrement.

En ce moment, elle ressent un effondrement total quand l'inspiration n'est plus présente. C'est comme si soudainement, toutes les voix créatives qui dansaient dans son esprit s'étaient tues. Un silence épais enveloppe ses pensées, étouffant chaque tentative de création. Les mots, semblent maintenant lointains, comme des murmures perdus dans le désert d'un vide incommensurable. Chaque idée se dissout avant même de prendre forme, laissant derrière elle un néant oppressant. Elle se sent subitement aphone, incapable d'exprimer ce tourbillon d'émotions et d'idées qui l'animent habituellement. Sourde aux appels de son imagination, elle erre dans un paysage mental aride, cherchant désespérément une oasis de créativité qui semble hors de portée. Elle lutte désespérément contre l'angoisse croissante de ne jamais retrouver la lumière éblouissante de l'inspiration.

Minuit passé, elle n'a plus qu'à aller se coucher en espérant, une fois de plus, que ses personnages viendront frapper à la porte de ses rêves.

Puis, au petit matin, le miracle s'accomplit ! Les idées se bousculent dans son esprit, toutes voulant être admises dans cette fin de roman. Elle réfléchit aux différentes options qui pourraient satisfaire les lecteurs :

Une fin heureuse, où Coline retrouve son ami toujours le même, et la consolidation de leur amitié ; une fin tragique où Coline meurt dans un accident d'avion ; une fin ouverte où Coline retrouve son ami sans préciser s'ils vont continuer à se voir laissant place à l'interprétation du lecteur ; une fin ironique où le comédien rejoint Coline en Aveyron ; une fin réfléchie, où Coline suit la voie de la raison et non celle du cœur. « Laquelle de ces fins choisir ? » se demande-t-elle.

Puis se rapportant aux avis de ses lecteurs, elle est sûre que ceux-ci opteraient pour la première proposition, alors elle se remet au travail. Et reprend où elle s'est arrêtée :

« Coline rentre en Aveyron, enrichie par ses aventures en Bretagne. Elle se rend compte de l'importance de suivre son cœur et de ne pas se laisser influencer par les attentes des autres. C'est dans les moments difficiles qu'elle a appris à apprécier ce qui compte vraiment pour elle : l'amour et la liberté de choix.

Lorsqu'elle retrouve son ami, elle découvre qu'il l'attendait, fidèle à leurs souvenirs et à leur amitié ; l'émotion les envahit. Ils se regardent avec un mélange de tendresse et de réserve, chacun conscient des défis qu'ils ont surmontés pour en arriver là. Leur réunion est un moment intense où ils réalisent qu'ils sont faits l'un pour l'autre malgré les difficultés. Ils discutent longuement, se remémorant les débuts de leur amitié. Après avoir traversé ensemble une série d'épreuves et de défis, Coline et son ami se rendent compte que leur lien d'amitié est profondément ancré et résiste à toutes les difficultés. Malgré les obstacles et les tentatives de les séparer, ils restent fidèles l'un à l'autre.

Quelques jours plus tard, ils se retrouvent dans le cimetière à l'abandon où ils avaient passé un merveilleux moment dans la spiritualité, un lieu qui leur est cher, un endroit où ils ont partagé des moments précieux. Ils réalisent combien leur amitié a été un soutien inestimable tout au long de cette séparation de huit jours.

Dans un geste symbolique, ils se prennent la main, ils échangent un regard complice et se promettent de toujours être là l'un pour l'autre, peu importe ce que réserve le futur. Ils comprennent que leur amitié est un trésor précieux qui peut résister au temps et aux épreuves, apportant un message d'espoir fort pour l'avenir. »

Voilà, la romancière a terminé. Le lecteur, captivé par ces lignes, se trouvera pris au piège de l'ambiguïté : est-ce une histoire vécue ou simplement le fruit de l'imagination fertile de la romancière ? Ces personnages, si vivants sur le papier, ont-ils réellement existé ou ne sont-ils que des créations fictives ? Mais quelle importance !

Après relecture et quelques légères retouches, elle peut mettre un point final à cette aventure, en inscrivant au bas de la dernière page de son cinquante cinquième roman, le mot :

FIN

Table des chapitres

Chapitre 1- La romancière..........................9

Chapitre 2 - La rencontre.......................... 15

Chapitre 3 - L'arrivée............................. 31

Chapitre 4 - Croisière vers les 7 îles............. 37

Chapitre 5 - Le projet d'Hippo.................... 49

Chapitre 6 - Le repas de Thierry...................57

Chapitre 7 - La journée de Jacques................ 65

Chapitre 8 - La journée de Christophe............ 71

Chapitre 9 - L'homme inconnu....................81

Chapitre 10 - Le dilemme de Coline..............89

Chapitre 11 - Les confidences de Vania.......... 93

Chapitre 12 - Le comédien......................105

Chapitre 13 - Le dénouement....................111

Productions de Pierrette Champon - Chirac
Chez Brumerge :

- Le Village fantôme (poésie)
- Le Rapporté
- La Porte mystérieuse
- En avant pour l'aventure
- Du paradis en enfer
- En avalant des kilomètres
- Délire tropical
- De Croxibi à la terre
- Des vies parallèles (propos recueillis)
- Profondes racines
- Cœurs retrouvés
- Apporte-moi des fleurs
- Le Manteau Fatal
- La vengeance du crocodile
- Vers un nouveau Destin
- La Canterelle
- Un certain ballon
- Le pique-nique
- Lettres à ma prof de français
- Une semaine éprouvante
- Revirement
- Rester ou partir ?
- Panique en forêt
- Reste chez nous
- Pour ne pas oublier
- Dans les pas du mensonge
- La poésie du quotidien
- Le trou n°5
- Étonnantes retrouvailles

- La rançon de la bonté
- Immersion en milieu rural
- Que la fête soit « bêle »
- Un étrange bouquet de roses
- Un séjour à la campagne
- Début de carrière mouvementé
- L'oncle surprise de Fanny
- Le secret du puits
- Les avatars d'une rencontre
- La surprise du premier emploi
- Rencontres tragiques
- Une vengeance bien orchestrée

Chez Books on Demand :

- Tragédie au moulin
- Pour quelques euros de plus
- Étrange découverte en forêt
- Les imprévus d'Halloween
- Fatale méprise
- Piégé par un roman
- La surprise du carreleur
- Dans les méandres de la nuit
- Un scénario bien orchestré
- Un nuage est passé
- Loin de la mer et des vagues
- Poèmes
- Rencontre
- Deux vies, un chemin
- Énigm florale
- Enfance et adolescence
- Divergences

Albums photo aux Éditions le Luy de France

– Il était une fois Réquista (2012)
– Mémoire du Réquistanais Tome 1 et 2
– Réquista, retour vers le passé